# plus belle la vie

Déjà parus dans la même collection

*Les Secrets du Mistral*, tome 1
*Le Corbeau du Mistral*, tome 2
*Le Trésor du Mistral*, tome 3
*La Fiancée du Mistral*, tome 4
*L'Inconnu du Mistral*, tome 5
*Les Mensonges du Mistral*, tome 6

À paraître

*Les Faussaires du Mistral*, tome 8


Le tigre bleu 146, bd de Charonne 75020 Paris
Telfrance Série 71, rue de la Victoire 75009 Paris

ISBN 978-2-916-28907-6
Diffusion France Volumen
Diffusion Belgique Interforum Benelux

Adapté du feuilleton *Plus belle la vie*, d'après une idée originale d'Hubert Besson et une histoire et des personnages créés par Bénédicte Achard, Georges Desmouceaux, Magaly Richard-Serrano et Olivier Szulzynger – © Telfrance Série/Rendez-Vous Production Série – 2004/2005 avec la participation de France 3

*La Vengeance du Mistral* est librement inspiré des épisodes 663 à 755 du feuilleton *Plus belle la vie*.

Claude Lambesc

# plus belle la vie

## tome 7
## La Vengeance du Mistral

le tigre bleu
telfrance

# Un heureux événement 1

Franck Vecchio n'avait pas la parole facile, tout le monde s'accordait sur ce point au *Bar du Mistral*. Quand Roland Marci avait engagé l'artisan pour mener d'importants travaux d'électricité dans son café, il avait immédiatement compris qu'il aurait affaire à quelqu'un de peu loquace. Ce qui n'était pas pour lui déplaire : Vecchio travaillait vite et bien pour un tarif des plus corrects, qui n'incluait cependant pas la conversation entre deux poses de câbles. Bourru mais honnête, en avait conclu Roland, qui ne se doutait pas que, si lui en restait là, son entourage – notamment féminin – se livrait à d'ardents stratagèmes pour approcher le mystérieux et séduisant électricien.

Cela avait commencé avec Mélanie, la serveuse, qui avait lourdement insisté pour que son patron choisisse Vecchio parmi plusieurs artisans. Mais il ne s'agissait que d'une amusette sans conséquence, car la belle jeune femme vivait avec Malik

Nassri et, même si ce dernier s'apprêtait à partir à Bruxelles pour trois mois, elle n'avait pas l'intention de le tromper.

Il en fut très différemment avec Charlotte Le Bihac, l'engageante styliste du quartier, dont l'atelier donnait sur la même place que le *Bar du Mistral*. Charlotte se sentait très seule, et l'apparition de Franck Vecchio l'étourdit comme une adolescente. Elle ne manquait pas une occasion de lui tourner autour, mais, comme son manège ne provoquait que des grognements de la part de l'électricien taciturne, elle décida de lui faire le coup de la panne et, un beau matin, le pria de se rendre chez elle pour une réparation urgente.

Quand l'autre, une fois chez la styliste, comprit qu'elle ne l'avait pas fait venir pour un problème de court-circuit, il tourna les talons aussi sec et quitta l'atelier en maugréant. Naturellement, Charlotte en fut toute honteuse, jura de cesser de se comporter comme une idiote et chassa cet électricien à moitié autiste de ses pensées. Mais quand Blanche, sa voisine et amie intime, lui apprit incidemment qu'elle s'était découvert des affinités intellectuelles avec lui, elle faillit s'étrangler – autant de jalousie que d'incrédulité.

Pourtant, Blanche disait vrai. Elle l'avait fait venir chez elle pour une panne – authentique, cette fois-ci – et, en partant, il avait oublié un livre sur un meuble de l'entrée. Quand il était repassé le chercher, elle avait alors réalisé que l'énigmatique artisan était aussi un fou de littérature.

Cette complicité nouvelle mettait Charlotte hors jeu, ce qu'elle ne tarda pas à saisir d'une manière assez humiliante. Un soir, Blanche, soucieuse de prouver à sa voisine qu'elle n'avait pas de vues sur Franck, les invita à dîner tous les deux. Mais à peine l'entrée servie, l'institutrice et l'électricien plongèrent dans une discussion à bâtons rompus concernant leurs goûts en matière littéraire, à tel point que la styliste parvint à peine à placer trois mots pendant tout le repas. C'est ainsi que

Charlotte comprit que, bien que Blanche prétende le contraire, son amie s'était bel et bien entichée de Franck Vecchio.

Cet homme restait pourtant un inconnu pour elle. Autant il parlait sans réserve de son amour pour les livres, autant il était discret sur sa vie. Tout juste avait-il lâché qu'il était originaire de Dordogne et qu'il avait mis les pieds à Marseille pour la première fois trois ans auparavant, pour des raisons professionnelles. Aucune allusion à sa famille ou à des amis. C'était un solitaire qui ne laissait rien échapper de son passé – ce que Blanche finit par admettre.

Après avoir joué au chat et à la souris pendant quelque temps, elle décida qu'il était temps de vaincre les dérobades et les résistances de l'électricien – car elle sentait bien que l'attirance qu'elle éprouvait pour lui était réciproque. Elle ne pouvait quand même pas laisser passer l'occasion de vivre une histoire forte juste parce que personne n'osait faire le premier pas ! Après avoir dégoté son adresse sur la facture qu'il avait laissée au *Mistral*, elle se rendit chez Franck et lui ouvrit son cœur sans fausse pudeur. Ce fut sans aucun doute un discours convaincant : à peine avait-elle terminé qu'il l'attira à lui et l'embrassa avec passion.

Le lendemain matin, à son réveil, Blanche se sentit comblée par cette première nuit d'amour. Mais son exaltation s'évanouit brutalement : Franck avait disparu de son appartement, emportant toutes ses affaires. Elle essaya de le joindre sur son téléphone portable, en vain. Au moment où, abasourdie, elle quittait l'immeuble, la concierge l'informa que l'électricien avait réglé son loyer le matin même et rendu les clés du meublé ! Car ce qu'elle ignorait encore, c'est que cet homme, non content d'être un taciturne, s'interdisait toute relation amoureuse... à cause de son passé – un passé qu'il voulait cacher à tout prix.

Rentrée chez elle, Blanche reçut la visite de Thomas, le fils de Roland, qui travaillait au *Mistral* aux côtés de son père. Le jeune homme lui tendit un exemplaire de *Cent ans de solitude*, de Gabriel Garcia Marquez : Franck, raconta-t-il, était passé au café quelques heures plus tôt et lui avait demandé de lui remettre ce livre. Sur la page de garde, il avait écrit ces mots : « Je t'aime, mais je n'ai pas droit à ce bonheur. Oublie-moi. »

Blanche se sentait perdue. Que voulait-il dire en affirmant qu'il n'avait pas droit au bonheur ? Pourquoi ce refus ? Et elle, avait-elle sa part de responsabilité dans la fuite de son amant ? Pendant plusieurs jours, elle ressassa toutes ces questions – et, malgré les efforts de ses proches pour lui faire refermer cette parenthèse au plus vite, elle ne songeait plus qu'à une chose : retrouver Franck et retomber dans ses bras.

Son vœu fut exaucé quelque temps plus tard ; quatre jours après sa disparition, l'électricien réapparut. Nerveux comme un collégien, il faisait le pied de grue devant la porte de Blanche. Les deux amants n'eurent qu'à échanger un seul regard pour se comprendre : le temps des mots viendrait après car, dans l'immédiat, ils étaient avides de se retrouver. Ils s'abandonnèrent comme s'ils étaient depuis longtemps séparés. Puis, un peu plus tard dans la nuit, ils s'engagèrent l'un envers l'autre : Franck promit de ne plus trahir la confiance de Blanche, laquelle lui assura qu'elle l'acceptait comme il était, avec ses mystères, sans en demander davantage.

Mais, alors qu'ils prenaient enfin le chemin d'une histoire intense et sereine à la fois, Blanche eut à faire face à un problème qu'elle avait grandement sous-estimé : les relations entre Johanna, sa fille, et l'homme qui venait d'entrer dans sa vie. Les quelques fois où l'adolescente avait croisé Franck au *Bar du Mistral*, elle ne lui avait pas prêté attention, le reléguant dans la catégorie des « nases sans intérêt », selon son expression. Elle s'était arrêtée au côté ours bourru de l'électricien car, physiquement, il présentait plutôt bien, et quelques-unes de ses copines l'avaient même qualifié de « kiffant » – ce que les femmes de l'âge de Blanche traduisaient par « brun ténébreux », donc séduisant.

Jusqu'à présent, sa mère avait réussi, grâce à diverses ruses, à dissimuler sa liaison avec Franck. Un jour qu'elle s'épanchait auprès de Thomas et lui avouait ressentir avec certitude le grand amour, il lui suggéra de clarifier les choses au plus vite avec Johanna, sous peine de complications houleuses. Le conseil s'avéra tout à fait avisé, mais tardif : au même moment, la jeune fille rentrait du lycée plus tôt que prévu. Et découvrait dans la chambre de sa mère... l'électricien, aussi penaud que peu vêtu – une tenue qui, ajoutée au lit défait et à la bouteille de champagne vide, ne laissait guère de place au doute.

Après que Franck se fut éclipsé, plus que jamais silencieux, Johanna se mit à attendre sa mère de pied ferme. Quand Blanche arriva, bien décidée à tout avouer à l'adolescente, celle-ci lui administra en retour une véritable volée de bois vert. Comment avait-elle pu lui cacher qu'elle fréquentait quelqu'un ? Ainsi, sa propre fille serait la dernière à savoir qu'elle avait un amant ? Qui paradait à demi nu chez elles ? Pour peu – car Johanna était souvent de mauvaise foi, tout le monde le savait –, elle les aurait surpris en pleine action !

Blanche, un peu sonnée, parvint tant bien que mal à s'expliquer, s'excusa de ses cachotteries et assura à sa fille que son histoire avec Franck était tout à fait sérieuse. Si Johanna pardonna rapidement à sa mère, elle se montra en revanche incapable d'envisager que l'électricien se mêle à sa vie de famille. Le problème n'était pas que sa mère ait une vie sentimentale : elle s'était séparée de son père plus d'une année plus tôt, et la jeune fille comprenait bien qu'elle puisse souhaiter refaire sa vie. Non, le problème, c'était Franck lui-même : Johanna avait beau claironner qu'elle avait besoin de temps pour l'accepter, en réalité, elle ne sentait pas du tout cet homme-là...

Blanche espérait bien que tout cela s'arrangerait avec le temps, mais un incident vint conforter Johanna dans ses positions. Celle-ci venait de faire la connaissance d'Arnaud, un jeune ingénieur du son qui travaillait sur l'album d'une chanteuse que l'adolescente adorait, Maïdi Roth. Arnaud habitait à Paris, mais il était descendu à Marseille le temps d'enregistrer une maquette avec l'artiste. Johanna fit découvrir sa ville à ce «Parigot» et, comme le courant passait bien, ils finirent par ne plus se quitter. Plus exactement, c'est la jeune fille qui ne manquait pas une occasion de passer un moment auprès du technicien – tout juste si elle ne s'accrochait pas à ses basques. C'est ainsi qu'elle se trouva à l'accompagner dans l'une des zones les plus mal famées de Marseille, où Arnaud – pratique courante dans son métier – avait voulu balader son magnétophone DAT pour «chasser des sons».

Tandis qu'ils arpentaient un entrepôt en ruine couvert de tags, un type patibulaire jaillit de nulle part et, ponctuant sa demande d'un coup de poing dans le ventre, exigea que l'ingénieur du son lui remette tout son matériel. Johanna s'interposa et tenta bien de protéger le magnéto, mais l'agresseur menaça alors de lui «dévisser la tête».

C'est alors que Franck fit son apparition. Il avait su par Thomas, au *Bar du Mistral*, où étaient partis les deux jeunes gens. Pressentant qu'ils risquaient des ennuis à se promener le nez au vent dans un tel quartier, il s'était précipité là-bas avec l'espoir de les retrouver et de les ramener sains et saufs au Mistral. Une fois n'est pas coutume, Johanna afficha un sourire en le voyant débarquer : il allait faire déguerpir le voyou en moins de deux ! Mais l'autre ne fut guère impressionné par l'arrivée de l'électricien, et menaça même avec une belle assurance de le massacrer. C'est alors que le cœur de la jeune fille s'arrêta presque de battre : Franck saisit le DAT et le donna au voleur sans discuter. Pire encore, comme le type exigeait qu'il ajoute son portefeuille et son téléphone portable, il s'exécuta sans hésiter, puis laissa partir le voyou – sans même avoir tenté de résister.

– On s'en va, maintenant, conclut-il simplement.

Johanna lui lança un regard aussi stupéfait que méprisant.

– C'est quoi, ce délire ? On était à trois contre un ! Vous lui mettiez une gifle, le mec partait en courant ! Pourquoi vous vous êtes laissé faire ?

– Je suis sûr que ce type était armé, répondit Franck avec froideur. J'ai agi exactement comme il fallait, crois-moi.

Dans les heures qui suivirent l'incident, la jeune fille se montra parfaitement odieuse envers sa mère et son ami. Elle ne rata pas une occasion de se montrer désagréable et passa son temps à lancer des piques à l'un ou à l'autre. Toute la soirée, Blanche fit des efforts surhumains pour se contenir : cela faisait des jours qu'elle prenait sur elle, mais elle sentait bien qu'elle était désormais au bord de l'explosion.

Laquelle se produisit le lendemain matin. Au réveil, alors que Johanna pénétrait dans la cuisine pour prendre son petit-déjeuner, elle surprit Franck et sa mère tendrement enlacés. Rien de choquant – deux amoureux qui s'étreignent avant de se séparer pour quelques heures. Mais la jeune fille profita de ce qu'ils ne l'avaient pas vue pour leur souhaiter une bonne journée à sa manière.

– Je suis là, pour ceux qui ne l'auraient pas remarqué ! laissa-t-elle tomber d'un ton revêche, comme si elle venait d'interrompre une scène dégoûtante.

Au regard de Blanche, Franck comprit que l'heure des explications houleuses entre mère et fille était arrivée. Il se dépêcha de prendre ses affaires.

– Je me sauve, sinon je vais être en retard avec mon premier client. À ce soir !

– À ce soir, susurra Blanche.

La porte venait à peine de se refermer que Johanna envoya sa deuxième salve.

– Tu vas pouvoir tenir jusque-là ?

Blanche fit un effort pour ne pas répondre à la provocation et décida d'aborder la question de fond.

– Pourquoi ne supportes-tu pas que j'aie une vie privée ? demanda-t-elle doucement.

– Mais le problème, ce n'est pas ta vie privée ! C'est Franck ! Ce type est un nase absolu ! s'emporta Johanna. Non seulement il n'est pas foutu d'aligner trois mots, mais en plus c'est un lâche !

Blanche comprit que sa fille faisait allusion à ce qui s'était passé la veille avec le voyou.

– C'est faux. Hier, Franck a agi en homme intelligent. Avec sang-froid. Tu devrais lui en être reconnaissante, au contraire.

Johanna leva les yeux au ciel. Sa mère était mordue de ce type, elle ne pouvait rien y changer, cette discussion n'avait donc aucun intérêt. L'adolescente attrapa sa veste et se dirigea vers la porte.

– Tu... Tu ne prends pas ton petit-déjeuner avec moi ?

– Je n'ai pas faim. Les mollassons, moi, ça a tendance à me couper l'appétit !

Johanna claqua la porte avant que Blanche ait pu répondre quelque chose. Non seulement la guerre était bel et bien déclarée, mais il n'y avait aucune perspective d'armistice.

Le soir venu, Franck annonça à Blanche qu'il avait décidé de ne plus dormir chez elle ; il s'installerait au *Select Hôtel* le temps que Johanna se calme et accepte leur liaison. Blanche soupira et approuva de mauvaise grâce. Sa fille se montrait d'autant plus égoïste qu'elle-même avait la tête ailleurs, du côté d'Arnaud, très exactement. Les deux jeunes gens n'avaient fait qu'échanger quelques baisers, mais c'était suffisant pour que le cœur de l'adolescente s'emballe. Le garçon, lui, s'était parfois montré cassant avec elle, lui reprochant même d'être un peu trop collante à son goût. Aussi Johanna faisait-elle désormais bien attention à ne pas commettre d'impair – mais elle brûlait d'envie de passer du petit flirt à une relation plus poussée.

À la veille de ses dix-huit ans, la jeune fille se sentait bien plus proche d'Arnaud, qui avait cinq ans de plus qu'elle, que des garçons de son âge. Dans un passé récent, elle avait traversé des épreuves qui l'avaient brutalement éloignée de l'innocence et de l'immaturité des adolescents. Johanna, qui supportait de plus en plus difficilement le carcan du lycée, se trouvait parfois à mille lieues des préoccupations de ses camarades. Arnaud, lui, éveillait en elle des perspectives autrement plus exaltantes. Mais son tempérament fougueux, « soupe au lait », disait-on au Mistral, ne facilitait pas leurs relations. Ainsi, en moins d'une semaine, ils s'étaient déjà disputés puis réconciliés à deux reprises – pour des broutilles, naturellement. Dernier incident en date : le jeune ingénieur du son avait refusé une invitation à déjeuner, arguant qu'il était surchargé de travail. Il avait vexé l'adolescente, qui l'avait alors accusé de ne pas savoir se libérer ne serait-ce qu'une heure pour passer un moment agréable avec elle.

Pourtant, Arnaud était de bonne foi. Sa carrière démarrait et il ne voulait surtout pas gâcher cette occasion qui s'offrait à lui de travailler sur le nouvel album de Maïdi Roth. C'est pourquoi il s'investissait sans compter dans son travail, même si, comme il l'avoua plus tard à la chanteuse, Johanna le troublait bien plus qu'il ne le laissait paraître. Pour tout dire, il se sentait même un peu amoureux.

– J'espère que je ne suis pas en train de tout gâcher, s'inquiéta-t-il. Je m'en voudrais de perdre cette fille alors qu'on commence à peine à faire connaissance. Mais j'ai tellement de mal à dire ce genre de choses…

Touchée autant qu'amusée, Maïdi suggéra au garçon un moyen de se rattraper. C'est ainsi qu'il sonna à l'improviste chez Johanna, laquelle tentait de réviser son bac en compagnie de son amie Nirina. Par amour-propre, la jeune fille dissimula de son mieux toute la joie qu'elle ressentait pour cette visite inattendue.

– Qu'est-ce que tu fais là ? Je croyais que tu étais débordé de boulot ! railla-t-elle tandis que son cœur, comme chaque fois qu'elle voyait Arnaud, commençait à battre la chamade.

– Je voulais te voir. Ou plutôt, te faire écouter quelque chose.

Il lui tendit les écouteurs de son baladeur MP3.

– J'aimerais que tu écoutes cette chanson. C'est… C'est exactement ce que je ressens pour toi, mais Maïdi le dit beaucoup mieux que moi.

Et Arnaud lança le morceau, intitulé *Le Parfum*. Au bout de quelques instants, il sut, au regard de Johanna, que leur histoire venait de prendre un nouveau tournant.

C'était aussi ce qui était en train d'arriver à Franck et à Blanche – mais d'une manière moins agréable. Blanche repensa maintes fois à ce que sa fille lui avait dit à propos de la lâcheté de son amant. Si elle persistait à croire qu'il avait agi comme il le fallait lors de l'agression des deux jeunes gens, elle se demandait cependant si son départ pour le *Select Hôtel* ne cachait pas une fuite. Elle s'en ouvrit à lui, mais Franck se montra incapable de répondre clairement à cette éternelle question : « Envisages-tu *vraiment* de construire quelque chose avec moi ? » Mal à l'aise dès lors qu'il s'agissait d'exprimer ses sentiments – voire de s'exprimer tout court –, il balbutia que, certes, Blanche n'était en aucun cas une aventure sans lendemain, mais que « les choses étaient bien compliquées »...

– Et puis ta fille me déteste, ajouta-t-il. Ce n'est pas une situation facile pour moi.

– Je ne veux pas que Johanna soit un prétexte, répliqua Blanche. Ce qui me désole, c'est que j'ai l'impression que tu ne crois pas à notre histoire. Je ne te comprends pas quand tu dis que tu n'as pas droit au bonheur.

– Je veux dire que... on n'est pas du même monde. Moi, je suis un petit électricien, et toi, tu as fait des études, tu es cultivée. Moi, j'ai du mal dès qu'il s'agit de parler. Tôt ou tard, tu te lasseras de moi.

Blanche regarda Franck un long moment. Elle ne croyait pas un mot de ce qu'il disait.

– Je pense que tu t'inventes des obstacles, finit-elle par dire. Qu'est-ce que tu caches pour fuir de cette façon ?

Mais l'autre, terriblement mal à l'aise, se déroba une fois de plus et fila sans demander son reste, prétextant un rendez-vous important. Blanche ne comprenait pas. En son for intérieur, elle était persuadée que Franck était un homme intègre, honnête avec ses sentiments, quels que soient ses secrets. Elle ne détectait chez lui aucun cynisme, aucun désir de la manipuler. Alors pourquoi de tels blocages ? C'était la première fois qu'elle rencontrait quelqu'un qui s'interdisait un bonheur pourtant à portée de la main, et elle n'avait aucune idée de ce qu'il lui fallait faire...

Les événements allaient en décider pour elle.

Franck, le lendemain de leur laborieuse conversation, se résolut enfin à fendre son armure. Il déclara son amour à Blanche et lui annonça qu'il désirait vraiment vivre auprès d'elle, qu'il était fermement décidé à partager sa vie. Jamais il n'avait paru si sûr de lui.

– Mes hésitations n'ont pas de sens. Je veux m'engager avec toi, Blanche. Complètement. Je... Je veux...

Une fois de plus, il butait sur les mots. Mais Blanche interrompit ses hésitations en l'embrassant. Elle n'avait pas besoin d'en entendre davantage. Pas pour l'instant.

Au même moment, à l'autre bout de la ville, dans l'ambiance bucolique du parc Borély, Johanna et Arnaud partageaient une étreinte tout aussi amoureuse. Couchés à l'ombre d'un platane, ils contemplaient le ciel, comme si le dessin des nuages devait leur délivrer quelque message secret.

– Ça a démarré un peu bizarrement, toi et moi, tu ne trouves pas ? souffla Arnaud.

– C'est que... je ne suis pas une fille simple, reconnut Johanna.

– Tu es un peu peste, c'est vrai.

– Et pourtant, tu ne t'es pas arrêté à ça.

– Non, car j'ai vu en toi beaucoup de fragilité, dit le garçon avec gravité.

L'adolescente sentit l'émotion qui montait. Arnaud avait mis dans le mille.

– J'essaie pourtant de le cacher.

– Je sais. Et tu le fais plutôt bien, je te rassure.

Johanna sourit. L'autre attrapa doucement une mèche de ses cheveux et lui dégagea le visage, qu'il regarda amoureusement.

– Si on est ensemble à minuit, tu pourras me souhaiter mon anniversaire. J'aurai dix-huit ans demain, souffla la jeune fille.

– Dix-huit ans, c'est vrai ?

– Oui, pourquoi ? Je ne les fais pas ?

– Eh bien... Je t'aurais plutôt donné le double, plaisanta Arnaud.

Johanna le bouscula, par jeu, et tous deux roulèrent par terre en riant.

– Qui dit anniversaire dit cadeau, poursuivit le jeune homme. Il y a quelque chose qui te ferait plaisir ?

Soudain sérieuse, elle plongea son regard dans le sien.

– Oui… mais je n'ai pas envie d'attendre demain.

– Dis-moi.

– Tu ne devines pas ?

Tous deux se regardèrent intensément pendant quelques secondes. Bien sûr, Arnaud avait compris. Leur désir était si fort que chacun semblait déployer des efforts surhumains pour le contenir.

La joie de Blanche, pour sa part, fut de courte durée. Tandis qu'elle se rendait chez Charlotte, elle fut prise d'un violent vertige et ses jambes se dérobèrent sous elle. Appelé à son chevet, le médecin déclara avec perplexité que l'examen ne révélait rien d'anormal. Il l'interrogea sur la situation dans laquelle elle se trouvait au moment de son malaise – station debout prolongée, bouffée d'angoisse, surmenage, confinement dans une pièce surchauffée… Mais ses réponses ne permettaient d'envisager aucune explication. Par précaution, il lui fut prescrit un arrêt de travail et du repos. Ce fut la dernière phrase du médecin qui provoqua un déclic dans le cerveau de Blanche.

– Si ce malaise vous fait penser à quelque chose qui vous est déjà arrivé, même dans un passé lointain, prévenez-moi, ça nous aidera peut-être à comprendre ce qui s'est passé.

– D'accord, docteur.

En remontant des années en arrière, Blanche se rappela soudain qu'elle avait effectivement déjà ressenti ce type de malaise. Dans des circonstances très précises de sa vie.

Quand Franck rentra à la maison ce soir-là, il trouva Blanche enfoncée dans le canapé, complètement absorbée dans ses pensées. Elle lui rendit son baiser mécaniquement.

– J'ai fait un malaise aujourd'hui, dit-elle.

– Tu as vu un médecin ?

Blanche acquiesça en silence.

– Et alors ? Qu'est-ce qu'il t'a dit ? insista Franck.

Pour toute réponse, sa compagne se leva et se dirigea vers la chambre. Puis elle revint avec un petit objet en plastique qu'elle lui tendit.

– Disons que je ne suis pas malade, soupira-t-elle.

L'autre regarda l'objet qu'elle lui avait donné sans comprendre.

– Qu'est-ce que c'est ?

– C'est... un test de grossesse.

Franck leva la tête vers Blanche, incrédule.

– Je suis enceinte, annonça-t-elle d'un ton neutre.

# L'imposteur 2

La grossesse de Blanche fut confirmée dès le lendemain matin par des analyses de sang. Cela ne la surprit guère : les sensations qu'elle éprouvait la renvoyaient des années en arrière, quand elle était enceinte de Lucas puis de Johanna. La nouvelle, pourtant, avait de quoi lui donner le vertige : elle connaissait Franck depuis peu de temps, ses relations avec sa fille étaient explosives et elle avait déjà quarante ans...

– C'est vrai que j'aurais dû changer mon stérilet il y a trois ans déjà : ça devient moins efficace avec le temps. Mais je ne suis plus une toute jeune femme ! C'est quand même incroyable que je sois tombée enceinte ! dit-elle à Charlotte.

– Pour ma part, je trouve que tu as de la chance. Moi, j'aurais tellement voulu avoir un enfant...

– La vie est parfois mal faite, soupira Blanche.

– Et Franck ? Comment a-t-il réagi ?

– Il m'a dit qu'il serait là, que je décide de garder le bébé ou non. Il est toujours aussi gentil et attentionné, mais je pense qu'au fond il est complètement désemparé.

– Vous êtes bien ensemble, c'est l'essentiel, positiva Charlotte.

– Oui, bien sûr, mais... je ne sais pas si j'ai envie de recommencer avec les couches, les biberons au milieu de la nuit, les otites et les bronchiolites à répétition, et aussi...

– Blanche, interrompit son amie, si tu décides de ne pas garder ce bébé, tu n'as pas à te justifier.

– Je n'ai pas encore pris ma décision. Je... Je suis un peu perdue. Et puis, il y a Johanna.

Charlotte acquiesça. Vu l'agressivité à peu près continuelle de la jeune fille, la situation n'allait effectivement pas être facile à gérer.

Pour l'heure, Johanna était à des années-lumière des soucis de sa mère. Elle venait de passer la nuit avec Arnaud – leur première nuit – et, ce matin-là, elle avait l'impression de danser sur un arc-en-ciel. C'était le plus beau cadeau d'anniversaire qu'elle ait pu imaginer : elle se sentait repartir d'un nouveau pied dans la vie. Comme ils quittaient le cœur léger le petit appartement qu'occupait Arnaud, la jeune fille le remercia tendrement.

– Je suis heureuse de t'avoir rencontré, avoua-t-elle au jeune homme. Je commençais à me demander si j'allais un jour pouvoir rencontrer un mec bien...

– C'est vrai ? Du haut de tes même pas dix-huit ans, tu te disais déjà que l'amour ne sonnerait plus à ta porte, c'est ça ? ironisa gentiment le garçon.

Johanna sourit. Arnaud avait raison... d'un certain point de vue. Ils ne se connaissaient pas beaucoup et elle ne lui avait pas dit grand-chose de son passé.

– Ça paraît exagéré de penser comme ça, je sais. Mais j'ai vécu des trucs vraiment moches, je t'assure.

– Si tu veux m'en parler...

– Non, pas ce matin ! Maintenant, j'ai envie de chanter, de danser, de t'embrasser !

Et elle joignit le geste à la parole. Les deux jeunes gens s'enlacèrent quelques instants sous le regard ému d'un vieux monsieur qui promenait son chien, puis ils repartirent en silence. Johanna trouvait la ville plus belle que d'habitude. Les gens souriaient davantage. La moindre scène lui semblait jolie. Elle remarqua un automobiliste qui déposait une femme au pied d'un immeuble. Tous deux s'embrassèrent, puis la femme agita sa main avant de pénétrer dans le bâtiment. C'était beau. Elle était amoureuse.

– Tu sais quoi ? dit-elle, sortant de sa rêverie. Ce soir, ma mère fait un dîner pour mes dix-huit ans : ce serait génial que tu viennes !

– Ça me gêne vis-à-vis de ta mère de débarquer à l'improviste, protesta Arnaud.

– Elle, elle m'impose bien son mec tous les soirs ! répliqua Johanna.

– Si c'est la guerre entre vous, je ne tiens pas trop à...

– Ce soir, tout va bien se passer. Elle n'invitera pas son jules, pas pour mon anniversaire : elle sait bien que je le déteste, ce serait de la provoc ! Je te promets que ce sera cool. Allez, dis oui...

– D'accord, d'accord !

Et Johanna se jeta au cou d'Arnaud pour l'embrasser avec gourmandise.

Mais la jeune fille avait promis avec imprudence : quand, à l'heure du dîner, elle rentra chez elle accompagnée de son petit copain, elle eut un geste de colère en constatant que Franck se trouvait à la maison. Désireux d'apaiser les tensions, il s'apprêta à partir. Mais Blanche, qui en avait par-dessus la tête de l'attitude de sa fille, lui demanda fermement de rester.

– Super, merci de tenir compte de mon avis ! maugréa Johanna.

– Ici, c'est une maison ouverte. D'ailleurs, tu as bien fait d'amener ton ami, répliqua sa mère.

– Je m'appelle Arnaud, précisa l'intéressé.

Blanche serra la main du garçon avec un grand sourire.

– Je suis très heureuse de vous connaître, Arnaud.

Dépitée, l'adolescente leva les yeux au ciel et soupira. Le dîner, auquel se joignirent Roland et Thomas, se déroula dans une ambiance incertaine. Manifestement, Blanche et Franck avaient l'esprit ailleurs et ne participaient que de loin aux discussions. Ce n'était pas surprenant de la part de l'électricien, mais Johanna s'agaça très vite de devoir répéter deux fois chaque phrase à sa mère – qui, de plus, répondait souvent à côté. Roland et Thomas, eux, firent des efforts méritoires pour alimenter la conversation. Ils posèrent des tas de questions à Arnaud sur son travail, voulurent en savoir plus sur Maïdi Roth et, à plusieurs reprises, tendirent des perches à Blanche, dont le silence devenait de plus en plus pesant. Tout le monde avait terminé le plat principal depuis longtemps, ce dont elle ne parut pas s'apercevoir, quand Roland décida qu'il valait mieux crever l'abcès : il se passait peut-être quelque chose de grave.

– Il y a quelque chose qui ne va pas, Blanche ? demanda-t-il doucement.

La jeune femme sentit confusément qu'on s'adressait à elle, même si elle n'avait pas compris la question.

– Hein ? Quoi ? Ah, vous avez fini… Bon, je vais chercher le gâteau.

– On… On saute le fromage ? s'étonna Roland. C'est dommage, j'avais apporté un beau plateau avec du…

– Ne te fatigue pas, papi, coupa Johanna. Autant abréger la soirée.

– Mais… qu'est-ce qui te prend ? s'étonna Blanche.

– Tu n'as pas dit trois mots de toute la soirée, tu n'écoutes pas ce qu'on te dit, tu gardes le nez plongé dans ton assiette... Pour mes dix-huit ans, ça fait plaisir !

– Je suis un peu fatiguée, c'est vrai, mais..., se défendit Blanche d'un ton peu assuré.

– Il n'y a rien de grave, enchaîna maladroitement Franck pour voler à sa rescousse.

Le simple son de sa voix fit s'enflammer Johanna.

– Arrêtez de me prendre pour une conne ! Si vous avez une embrouille entre vous deux, c'est sympa de me la faire subir le soir de mon anniversaire ! J'espère au moins que c'est grave !

Blanche regarda sa fille et ouvrit la bouche comme pour répondre. Mais ce furent des sanglots qui jaillirent. Elle quitta précipitamment la table et sortit de l'appartement. Franck lui emboîta le pas.

– Est-ce que quelqu'un peut m'expliquer ce qui se passe ? demanda à la ronde Roland, médusé.

Johanna haussa les épaules et soupira bruyamment, plus que jamais exaspérée.

Dans la rue, Franck rattrapa Blanche, qui s'abandonna dans ses bras. Au bout de quelques instants, elle parvint à calmer ses pleurs.

– Je ne peux pas garder ce bébé : ce sera un cauchemar avec Johanna... Et je ne suis plus toute jeune, je ne suis pas sûre de...

– Écoute-moi, Blanche, interrompit Franck. J'ai quelque chose à te dire.

Au ton de sa voix, elle comprit que c'était important.

– Je... Je suis un enfant de la DDASS, annonça-t-il. Je suis orphelin.

– Pourquoi tu ne me l'as pas dit plus tôt ?

– Je n'en parle jamais. Certaines personnes ont du mal à comprendre que c'est difficile de ne pas avoir de famille. C'est douloureux de se dire qu'il n'y avait rien avant soi et que, sans descendance, il n'y aura rien après.

Blanche hocha la tête en silence. Puis elle frissonna, car elle commençait à comprendre où Franck voulait en venir.

– Je n'ai jamais rencontré une femme comme toi. Une femme que j'aime, avec qui j'ai envie de fonder une famille. Ce bébé, c'est un don du ciel.

Ça y est, il l'avait dit. Blanche ne sut que répondre.

– Tu voudrais vraiment que..., balbutia-t-elle.

– Oui. S'il te plaît, gardons cet enfant.

Le climat ne fit que s'alourdir durant les jours suivants. Franck revint plusieurs fois à la charge, jura d'être un père modèle, s'engagea à prendre en charge tous les soucis du quotidien. Blanche savait bien qu'il était d'une sincérité absolue et qu'il ne s'agissait pas de paroles en l'air au service d'une lubie passagère. Elle promit de tenir compte de ses sentiments, bien sûr, mais elle ne voulait pas prendre une décision sous la pression.

Ses relations avec Johanna demeurèrent exécrables. Décidément, l'adolescente ne digérait pas sa fameuse soirée d'anniversaire, même si tout le monde, y compris Arnaud, tentait de l'amadouer et de l'amener à un peu plus d'indulgence envers sa mère. Mais voir celle-ci sans cesse fatiguée et mélancolique – et pour cause, mais la jeune fille ne pouvait en deviner la véritable raison – la rendait furieuse : si Blanche était triste, la faute en incombait forcément à Franck. Ce fut Maïdi Roth qui, la première, la mit sur la voie.

– Tu penses que ta mère est vraiment triste, ou bien c'est juste une impression que tu as, toi ?

– Elle ne va pas bien, c'est évident. Elle se met à pleurer pour un rien, elle a parfois des nausées, et d'autres fois un truc qu'elle adore la dégoûte. Et puis, elle a l'air tellement crevée ! Il y a quelque chose qui cloche, c'est évident.

La chanteuse sourit.

– Elle ne serait pas... enceinte, tout simplement ?

– Quoi ? Mais non, ce n'est pas possible ! Elle n'a plus l'âge de faire des enfants !

Maïdi n'insista pas. Mais son idée se faufila dans le cerveau de Johanna et y fit son chemin. Deux heures plus tard, rentrée à la maison, l'adolescente se plantait devant sa mère et lui posait la question sans détour. Quand Blanche admit non seulement qu'elle était enceinte mais qu'en plus elle envisageait peut-être de garder ce bébé, Johanna explosa : sa mère enceinte du « dernier des abrutis », c'en était trop ! Malgré les efforts de Blanche pour avoir une discussion constructive, le conflit qui opposait mère et fille s'envenima encore un peu plus. Une nouvelle fois, Johanna claqua la porte de la maison et courut retrouver Arnaud à son studio d'enregistrement. Elle se mit à tourner comme un lion dans une cage tandis que son petit ami tentait de la calmer.

– Tu devrais peut-être essayer de voir le bon côté des choses, dit-il doucement.

– Quel bon côté ? Je vais me retrouver à jouer les baby-sitters, oui ! D'un bébé dont je me contrefous !

– Ne dis pas ça... Quand il sera là, je suis certain que tu seras émue.

Les larmes montèrent aux yeux de la jeune fille. Elle songea à son frère, Lucas, qui vivait aux États-Unis avec leur père. Son « vrai » frère, qui soudain lui manquait plus que tout.

– Je vais me tirer d'ici. Rejoindre mon frère et mon père à La Nouvelle-Orléans : je serai mieux avec eux.

– Tu ne peux pas faire ça ! Et ton bac ? Et tes amis ? protesta Arnaud.

– Mon bac, je m'en tape. Et mes amis, ils s'en remettront. Je ne leur manquerai pas longtemps.

Le garçon fixa sa copine avec gravité.

– À moi, tu me manqueras. Ne pars pas. Je tiens à toi.

– Vraiment ? demanda Johanna, la voix soudain tremblante.

– Je ne veux pas te perdre, insista Arnaud.

L'adolescente sentit de la sincérité dans la voix d'Arnaud. Tout à coup, sa rancœur contre sa mère s'effaça. Elle se blottit dans les bras du jeune homme comme une petite fille. Une petite fille qui demandait juste à arrêter le temps.

Sur les conseils insistants de Roland, Blanche comprit qu'il était vraiment grand temps d'arrêter les frais. Elle savait que le comportement intolérant de sa fille trouvait ses racines dans une période douloureuse de son passé. Deux ans plus tôt, Johanna était tombée enceinte de Rudy Torres, un jeune voisin du Mistral. Sa mère, considérant que cette grossesse mettait en péril l'avenir de l'adolescente, avait lourdement insisté pour qu'elle avorte – jusqu'à ce qu'elle perde son bébé dans un accident de voiture. Depuis, mère et fille n'avaient jamais vraiment reparlé de ces sombres événements.

Ce fut Roland qui joua les Casques bleus et ramena Johanna à la maison. Blanche eut le courage de revenir sur le passé et de reconnaître ses torts ; elle demanda pardon à sa fille de l'avoir blessée à cette époque. L'adolescente se détendit un peu, reconnut du bout des lèvres qu'elle-même y était allée un peu fort ces derniers temps, mais insista de nouveau pour savoir si, oui ou non, sa mère comptait garder ce bébé.

– Je ne sais pas, avoua Blanche. Je te demande encore un peu de temps. Mais je te promets que, quelle que soit ma décision, je tiendrai compte de toi. Vraiment.

Johanna ne répondit pas. Elle semblait méditer ces paroles, contenant avec difficulté son émotion. Roland sentit qu'il fallait l'aider un peu.

– Alors, on fait la paix ? intervint-il avec douceur.

–Je... J'ai été assez insupportable, convint Johanna.

–Tournons la page, conclut Blanche. Tout ce que je veux, c'est ton bonheur. Et ma grossesse ne changera rien à ça.

Mère et fille s'étreignirent alors sous l'œil humide de Roland, trop heureux de voir cette insupportable guerre familiale prendre fin.

Ce qu'il ignorait, c'est qu'en réalité Johanna venait juste de mettre en action son nouveau plan. Elle se réconciliait avec Blanche, certes, mais c'était pour réussir à endormir sa vigilance afin de pouvoir se consacrer à son objectif secret : en apprendre davantage sur Franck –et trouver une bonne raison de l'évincer. Car elle en était persuadée : ce type était un salaud, et elle avait bien l'intention de le faire sortir de la vie de sa mère.

Le lendemain matin, Johanna et Franck se croisèrent dans la cuisine. Il était en train de disposer sur un plateau le petit-déjeuner de Blanche qui, après une mauvaise nuit, préférait le prendre au lit. Sur ses gardes, il se contenta de saluer la jeune fille de la manière la plus sobre possible mais, contrairement à son habitude, celle-ci se montra tout de suite des plus aimables. Franck sauta alors sur l'occasion pour –une fois n'est pas coutume– engager la conversation.

–Je te remercie des efforts que tu fais, Johanna. Je sais que tu ne m'apprécies pas, alors j'y suis d'autant plus sensible. Et ta mère aussi, tu sais : elle me l'a encore dit tout à l'heure au réveil.

Johanna n'avait jamais entendu Franck prononcer une phrase aussi longue et aussi personnelle. Cela voulait dire que son stratagème fonctionnait à merveille.

–Je ne veux pas que maman soit malheureuse, dit-elle d'une voix mielleuse.

–On veut tous les deux le bonheur de ta mère, approuva Franck.

«Tu parles, Charles», répondit intérieurement Johanna. Mais elle adressa son plus beau sourire à Franck en battant des cils.

– J'en suis sûre. Je suis désolée d'avoir été odieuse avec vous, vous savez.

– N'en parlons plus.

Tous les deux se regardèrent un peu gênés, cherchant gauchement une conclusion qui ne vint pas. Puis Franck prétexta que le thé allait refroidir pour retourner auprès de Blanche. Johanna acquiesça, toujours souriante. Mais, dès que la porte de la chambre se fut refermée, le sourire de l'adolescente s'évanouit et elle se précipita sur la veste que l'homme avait abandonnée sur le dossier d'une chaise. Elle fouilla dans toutes les poches, regarda dans son portefeuille puis s'empara d'un carnet d'adresses qu'elle prit avec elle, persuadée qu'elle tenait là le premier fil de son enquête.

Mais quand elle demanda à Arnaud de bien vouloir l'aider, celui-ci commença par refuser tout net. La jeune fille comptait en effet interroger plusieurs personnes dont elle avait trouvé les coordonnées dans le carnet d'adresses volé.

– Et tu vas leur demander quoi, à ces gens ? s'indigna le garçon. Si Franck a fait de la taule ?

– Je vais leur raconter que ma mère veut faire refaire toute l'électricité de sa maison. Un gros chantier, très coûteux. Moi, je cherche juste à savoir si Franck Vecchio est un artisan recommandable.

– Super, ton plan. Et après ? ironisa Arnaud.

– Eh bien, j'essaie de les faire parler, histoire de voir s'il n'y a pas un détail qui pourrait me mettre sur une piste.

– Écoute, je ne le sens pas trop, ton truc.

– Comme tu veux, répondit Johanna, vexée. Je peux très bien me débrouiller toute seule.

Évidemment, Arnaud finit par céder et accompagna sa copine dans sa tournée des clients de l'électricien. Tous, des commerçants pour la plupart, vantèrent ses qualités et le décrivirent comme un professionnel irréprochable – bref, une perle rare, par les temps qui courent. Johanna enrageait. Elle en avait assez de cette avalanche de compliments et comptait rentrer chez elle quand une dernière personne, un fleuriste rondouillard, mit un tout petit bémol dans ce concert de louanges.

– Vecchio est un excellent électricien : devis correct, travail propre, délais respectés... Votre maman ne trouvera pas mieux.

– Ça va, j'ai compris : c'est un type parfait. Bon, je vous remercie, soupira Johanna.

– Un type parfait... En même temps, je ne le connais pas tant que ça, vous savez.

Une petite alarme se déclencha dans le cerveau de la jeune fille. Elle revint à la charge.

– Pourquoi dites-vous ça ? Il y a quelque chose qui vous a... gêné ?

Mais le fleuriste hésitait.

– Ma mère travaille toute la journée, insista Johanna. Il lui faut quelqu'un de confiance, à qui elle pourra laisser les clés, vous comprenez ?

– Il m'a menti sur un point, se lança le commerçant. En discutant de choses et d'autres, il m'a dit qu'il venait de Brantôme, en Dordogne, et qu'il y avait passé toute son enfance. Or il se trouve que moi aussi, je viens de là-bas. J'ai donc voulu savoir si on avait des souvenirs en commun : c'est normal, non ? Eh bien, figurez-vous qu'il ne connaissait pas une rue du village, pas un commerce, rien, ni à Brantôme ni aux alentours. Il a essayé de noyer le poisson, mais j'ai bien vu qu'il n'avait jamais mis les pieds là-bas.

– Il a peut-être tout oublié, plaida Arnaud.

– Ne même pas se souvenir, dans un patelin de deux mille habitants, de l'endroit où se trouve l'école, alors qu'on y est allé pendant des années... Non, il mentait. Mais pourquoi raconter qu'on vient d'un lieu précis si c'est faux ?

« Parce qu'on a honte de son véritable passé », répondit intérieurement Johanna.

Un peu plus tard, l'adolescente insista pour qu'Arnaud téléphone à la mairie de Brantôme afin de vérifier l'état civil de Franck Vecchio. Une fois de plus, le jeune homme commença par protester, mais il finit par s'exécuter.

– Bonjour, madame. Je vous ai envoyé une demande d'extrait de naissance il y a deux semaines et je n'ai toujours rien reçu. Je voulais savoir s'il y avait un problème.

– Donnez-moi votre nom et votre date de naissance, répondit une employée à l'autre bout du fil.

– Franck Vecchio, 1er octobre 1966.

– Patientez un instant...

Johanna dévisageait Arnaud et faisait de gros efforts pour ne pas se ronger les ongles. Au bout d'un moment, le garçon fronça les sourcils.

– Ah bon ? Mais... Ah ! Excusez-moi : je me suis trompé de numéro !

Il raccrocha aussi sec.

– Qu'est-ce qu'elle a dit ? dit sa copine avec empressement.

– Aucun Franck Vecchio n'est né à Brantôme le 1er octobre 1966. Ni à aucune autre date, d'ailleurs...

Bingo ! Restait à annoncer la nouvelle à Blanche. En présence de Franck, naturellement.

Au moment où Johanna, jubilante, se mettait en route pour rentrer chez elle, Blanche demandait à Franck de bien vouloir s'asseoir quelques instants à ses côtés. Il comprit immédiatement qu'elle voulait lui parler du bébé, même si elle commença par tourner autour du pot.

– J'ai beaucoup réfléchi, Franck. J'ai eu besoin de temps, tu sais. Cette grossesse m'a tellement prise au dépourvu… La décision ne coulait pas de source…

– Je t'en prie, dis-moi ce que tu as à me dire. Je respecterai ton choix, je te l'ai déjà dit.

Blanche prit une profonde inspiration.

– Eh bien… Même si c'est une folie, j'ai décidé de garder le bébé, annonça-t-elle.

Il fallut quelques secondes à Franck pour comprendre ce qu'il venait d'entendre. Au fond de lui, il était persuadé que son amie ferait le choix contraire.

– Tu… Tu ne dis rien ? s'alarma Blanche. Je croyais que tu étais d'accord.

– Mais oui ! C'est juste que c'est tellement… Je suis si… Tu ne peux pas imaginer ce que ça représente pour moi !

Elle n'avait jamais vu son amant aussi ému. Elle pensa un instant qu'il ressemblait à un enfant. Ils s'enlacèrent.

– Nous allons être heureux, promit Franck.

Le bruit de la porte d'entrée qui s'ouvrait leur fit reprendre contenance. Johanna pénétra dans l'appartement, un grand sourire aux lèvres.

– Tu tombes bien, commença sa mère. Nous avons une grande nouvelle à t'annoncer.

La jeune fille comprit parfaitement de quoi il s'agissait. Mais elle voulait frapper d'abord.

– Moi aussi, j'ai quelque chose à vous dire. Et je pense qu'il vaut mieux que je parle en premier : ça risque de changer pas mal de trucs !

– Comment ça ? s'inquiéta Blanche.

– Franck, ou plutôt le type qui prétend s'appeler comme ça, te ment depuis le début.

– Mais… qu'est-ce que tu racontes ? intervint l'accusé.

– Vous vous appelez bien Franck Vecchio, et vous êtes bien

né le 1er octobre 1966 à Brantôme ? demanda Johanna d'un ton de procureur.

– Oui, évidemment ! Tu le sais bien, d'ailleurs, puisque tu as fouillé dans mon portefeuille, répliqua sèchement l'autre.

– Tu as fait ça, Johanna ? s'indigna Blanche.

– On s'en fout, de ses papiers : ils sont faux, comme lui ! J'ai appelé la mairie de Brantôme : aucun Franck Vecchio n'est jamais né là-bas !

La nouvelle provoqua le silence. Puis Franck tenta de se défendre.

– Tu racontes n'importe quoi.

Mais Johanna décrocha le téléphone et, dans un geste de défi, le tendit à l'imposteur. Puis elle enclencha le haut-parleur.

– Appelez-les vous-même et posez-leur la question, qu'on entende tous la réponse.

Franck s'empara du combiné... pour le reposer sur son socle.

– Tout ça est ridicule, dit-il d'un ton peu assuré.

D'un coup d'œil sur sa mère, Johanna vit qu'elle avait gagné. Il était temps pour elle de quitter le théâtre des opérations.

– Bon, je vous laisse, lâcha-t-elle. Vous devez avoir plein de choses à vous dire, non ?

Sans oser regarder Franck, Blanche se mit à parler d'une voix blanche.

– Pourquoi ne veux-tu pas appeler la mairie de Brantôme ?

Franck chercha ses mots, visiblement déstabilisé.

– Écoute, Blanche. Ce que dit Johanna n'est pas important. Ce qui compte, c'est nous !

– Tu n'es pas celui que tu prétends être et ce n'est pas important ?

– Je suis Franck Vecchio.

– Mais tu ne figures pas à l'état civil de ta ville de naissance ?

– Que veux-tu que je te dise ? Il doit y avoir une erreur quelque part !

Blanche trouva l'argument pathétique. Elle n'avait plus envie de discuter.

– J'aurais dû écouter mon instinct. Depuis le début, je sentais que tu me cachais quelque chose. Est-ce que tu es en cavale ?

– Mais pas du tout ! Je ne te cache rien, je te le jure !

– Alors qu'est-ce que tu fuis ? Écoute, je peux entendre beaucoup de choses, presque tout pardonner, mais je ne supporte pas le mensonge. Soit tu me dis la vérité, soit tu t'en vas.

– Je t'aime. J'aime notre enfant. Voilà la seule vérité.

– Tu ne me réponds pas. J'ai compris. Laisse-moi, s'il te plaît.

– Blanche..., implora Franck.

– Je ne peux pas vivre avec quelqu'un en qui je n'ai pas confiance ! Va-t'en, je ne veux plus te voir !

Franck comprit qu'il était inutile d'insister. Il hésita. Une partie de lui-même lui enjoignait de dire la vérité, de s'ouvrir à celle qu'il aimait, de cesser, pour une fois dans sa vie, de fuir. Blanche ne lui fermerait pas la porte, elle pouvait comprendre ses blessures, l'aider à lutter contre ses démons. Mais les mots ne venaient pas. Il se sentait si fatigué de se battre, contre lui, contre son passé, que parler lui paraissait un effort hors de portée. Et la peur reprit le dessus. Peur de faire encore plus de mal à cette femme. Peur de s'engager sur un chemin condamné d'avance... Il prit sa veste et, désespéré, partit sans se retourner. Dès que la porte se fut refermée, Blanche se mit à pleurer.

# Menaces 3

Johanna, après avoir passé la nuit chez Arnaud, se décida tôt le matin à aller affronter sa mère. Elle se doutait bien que Blanche devait terriblement souffrir, et craignait qu'elle ne lui en veuille. Pourtant, l'adolescente n'avait pas mauvaise conscience. Elle souhaitait simplement que tout redevienne « comme avant » – et le plus vite possible.

Elle trouva sa mère prostrée dans le canapé du salon, s'accrochant à une tasse de café fumant comme si son sort en dépendait. Blanche leva à peine les yeux sur elle quand elle vint s'asseoir à ses côtés. Un silence pesant s'installa.

– Maman, je sais que je t'ai fait de la peine. Mais tu devais savoir que Franck te mentait, plaida la jeune fille.

– Cet homme m'a menti, tu as raison. Je lui ai donc demandé de partir. Ça doit te faire plaisir qu'il ne soit plus là, non ?

Johanna ne se défendit pas. Elle ne voulait pas que le ton monte. Elle sentait une boule grossir au fond de sa gorge et, tout ce qu'elle désirait, c'était que le mur invisible qui se dressait entre sa mère et elle s'écroule.

– Tu sais, reprit-elle timidement, à propos du bébé… Je comprendrais si tu voulais quand même…

– Je ne vais pas le garder, trancha Blanche. J'irai à la clinique cet après-midi.

– Déjà ?

– Il s'agit juste d'un entretien préalable. Ensuite, j'ai huit jours de réflexion. Mais je ne changerai pas d'avis.

– Tu veux que je t'accompagne ?

– Non. N'inverse pas les rôles, Johanna.

Elle réussit enfin à regarder sa fille dans les yeux et vit qu'elle était à deux doigts d'éclater en sanglots.

– J'aimerais tellement t'aider…, balbutia l'adolescente.

– Allez, viens…

Blanche ouvrit ses bras. Johanna s'y blottit. Le mur venait de s'effondrer.

Au même moment, de l'autre côté de Marseille, Franck retrouvait Roland dans un café.

– Merci d'avoir accepté de venir, dit l'électricien.

– Je n'ai aucune raison de refuser de vous voir. Je n'ai rien contre vous, Franck. Mieux : j'ai peut-être tort, mais mon instinct me dit que vous êtes quelqu'un de bien.

– Pas assez bien pour Blanche.

– C'est vrai, cette histoire de fausse identité ?

Franck hésita.

– Oui. Sous un autre nom, dans une autre vie, j'ai commis un acte… irréparable.

– Vraiment ?

L'autre resta silencieux. Roland comprit qu'il n'en saurait pas davantage.

– Vous ne voulez pas m'en parler, je l'accepte. Mais moi,

je pense que le silence n'est pas une solution. Vous devez tout raconter à Blanche.

– Non. Je n'ai pas le choix : je dois me taire et vivre avec ce poids.

– Mais elle est anéantie, insista Roland. Votre histoire ne mérite pas de terminer comme ça.

– Je sais. Ça me rend malade.

Roland soupira en secouant la tête. Ce type était abîmé, on ne pouvait pas lui en vouloir. Mais cela valait la peine d'insister une dernière fois.

– Tout homme a droit à une deuxième chance. Si vous aimez Blanche, vous devez lui ouvrir votre cœur. Peut-être que oui, au fond, vous êtes un salaud irrécupérable. Mais je ne vous crois pas lâche. Ayez le courage de lui parler.

Franck regarda Roland sans répondre. Comment expliquer à quel point il se sentait épuisé ? Épuisé de fuir son histoire depuis des années. De se fuir lui-même.

Franck courut jusqu'à l'appartement de Blanche, mais Johanna refusa de le laisser entrer. De toute façon, précisa-t-elle avec délectation, sa mère n'était pas là, mais partie à la clinique des Rosiers.

– Elle a décidé de ne pas garder le bébé, ajouta-t-elle en guise d'estocade.

Il repartait déjà en courant quand l'adolescente lui cria de ne plus jamais remettre les pieds chez elles.

Franck intercepta Blanche à la sortie de la clinique. Les yeux hagards, le souffle court, il l'attrapa brutalement par le bras.

– Tu l'as fait ? cria-t-il presque.

– C'était un entretien préalable, répondit Blanche avec froideur. Mais oui, je vais avorter, s'empressa-t-elle d'ajouter.

Il relâcha son étreinte et elle reprit sa marche.

– Blanche, attends ! Il ne faut pas ! Je... J'ai des choses très importantes à te dire.

– C'est inutile, Franck.

Blanche le regarda avec une infinie tristesse. Le temps des mots était révolu. C'était fini entre eux deux, il n'y avait plus rien à discuter. Mais Franck se lança.

– En réalité, je suis né ici, à Marseille. Je m'appelle Franck Ruiz...

– Je m'en fiche. Laisse-moi, s'il te plaît : je suis fatiguée, souffla Blanche.

Elle leva le bras pour héler un taxi. Il poursuivit.

– ... et, à l'âge de dix-sept ans, j'ai tué un homme.

Blanche regarda Franck, incrédule. Mais à ses yeux, elle comprit qu'il ne mentait pas. Pas cette fois-ci.

Un peu plus tard, de retour chez Blanche, Franck poursuivit sa confession.

– À onze ans, j'ai été placé dans une famille d'accueil qui vivait dans une cité du nord de Marseille. Des gens corrects. Ils me foutaient la paix, c'est tout ce que je voulais. Très vite, ce sont mes potes qui sont devenus ma vraie famille.

– Comme souvent, approuva Blanche.

– Sauf que nous étions complètement paumés. On se considérait tous comme des frères, à la vie à la mort, tu vois le genre. Bref, on formait une bande de zonards. Un vrai gang, avec son langage, ses rites, ses règles... On s'appelait les M-13.

Franck soupira, et Blanche comprit qu'il abordait la partie la plus douloureuse de son récit.

– On était de vrais voyous, reprit-il. Comme on se défonçait, on a commencé à faire des vols à la tire et des petits casses pour se payer la dope. Puis on est devenus dealers. On a commencé à gagner beaucoup d'argent. C'est nous qui faisions la loi. Et bien sûr, on avait tous les droits.

–Y compris… celui de tuer ? hésita Blanche.

–Un jour, un type nous a balancés, suite à une embrouille sur une livraison. C'était un petit toxico minable. Les stups ont commencé à nous chercher. Si le gars témoignait devant le juge, on était foutus. Alors le chef de la bande m'a demandé de l'éliminer.

Blanche eut le sentiment que Franck n'en dirait pas davantage. Pourtant, il n'avait pas terminé ses aveux ; elle devait l'aider à poursuivre.

–Et… tu l'as fait ?

–Je l'ai attiré sur le toit d'un immeuble où certains camés venaient se défoncer. Et je l'ai poussé dans le vide. Je… Je n'oublierai jamais le cri qu'il a poussé, ni le bruit de son corps s'écrasant sur le bitume, souffla Franck.

–Tu n'as pas essayé de lui laisser une chance ?

–Notre gang était en danger et c'était un ordre du chef. J'avais dix-sept ans, Blanche, et les deux seules choses que je respectais, c'étaient celles-ci : le gang et le chef. Rien n'existait en dehors de ça. Absolument rien.

–Tu es allé en prison ?

–Non. On a conclu à un suicide. Nous, on s'est tenus tranquilles pendant un moment, et les flics ont fini par nous lâcher.

Blanche ne savait pas trop quoi dire. Évidemment, jamais elle n'avait entendu quelqu'un lui raconter une histoire pareille.

–J'ai tout de suite été rongé par le remords, ajouta Franck. J'ai failli aller me dénoncer plusieurs fois, mais je ne pouvais pas trahir les M-13. Si je tombais, ils tombaient tous avec moi. Alors j'ai fui.

–À l'étranger ?

Il acquiesça.

–Je me suis rangé des voitures. J'ai appris un métier et j'ai refait ma vie, loin de Marseille. Pendant vingt ans. Mais la ville me manquait, alors je suis revenu.

– Sur les lieux même du drame ? s'étonna Blanche.

– On ne peut pas fuir toute sa vie, conclut l'autre.

Ils observèrent un moment de silence. Puis Franck se leva comme pour partir.

– Où vas-tu ? demanda Blanche.

– Mon histoire doit te faire horreur.

Mais elle secoua légèrement la tête.

– Reste, dit-elle simplement.

Le lendemain matin, en rentrant de chez Arnaud, Johanna eut la surprise de tomber sur Franck qui, sur le pas de la porte, embrassait Blanche tendrement. La scène lui coupa le souffle et, dès qu'il fut parti, elle se disputa une nouvelle fois violemment avec sa mère. Mais celle-ci ne se laissa pas dépasser par les protestations hystériques de la jeune fille. Fermement, elle lui expliqua que Franck lui avait raconté toute son histoire et qu'elle lui renouvelait sa confiance – car, oui, elle l'aimait.

Johanna eut alors la certitude que sa mère était à la fois folle, naïve et égoïste, puisqu'elle refusait de regarder la vérité en face : cet homme faisait son malheur, mais elle le défendait contre elle, sa propre fille ! Comme Blanche exigeait de l'adolescente qu'elle ne se mêle plus jamais de sa vie sentimentale, elle partit en claquant violemment la porte.

Elle venait de prendre une décision : le temps était venu pour elle de quitter le nid maternel – qui, d'ailleurs, n'avait plus rien d'un nid ni plus rien de maternel, puisqu'il allait abriter pendant un bon moment les amours de Blanche et de son abruti d'amant. Assister à tout cela lui était proprement insupportable. Arrivée au studio d'enregistrement, elle s'en expliqua à Arnaud et à Maïdi qui, le temps d'une pause dans leur travail, écoutèrent et réconfortèrent avec patience la jeune fille. La chanteuse tenta ainsi de lui faire comprendre – en vain – qu'elle se trompait lourdement quand elle affirmait que Blanche ne se préoccupait plus d'elle.

– Je suis prête à parier que ce n'est pas du tout ce que ressent ta mère. C'est ce que toi, tu te racontes pour justifier ton envie de partir de chez elle.

La remarque désarçonna un peu Johanna. Puis Arnaud, jusque-là silencieux, se racla la gorge et fit une proposition à son amie.

– Johanna, si tu veux, tu n'as qu'à venir t'installer chez moi.

– C'est vrai ?

L'invitation transfigura la jeune fille. La joie et l'excitation balayèrent toute trace de colère. Pour éviter tout emballement, Arnaud tempéra un peu son offre.

– Au moins le temps que tu révises ton bac et que tu passes les épreuves. Vu le travail que j'ai ici, au studio, on ne se marchera pas sur les pieds à la maison : tu seras tranquille pour bûcher. Ce serait dommage que tu plantes ton examen, non ?

– Bien sûr. Je me ferai toute petite, promis !

Le cœur de Johanna se mit à battre plus fort, et l'image obsédante de Franck se dissipa.

Il valait mieux que la jeune fille l'oublie un peu, d'ailleurs, car elle n'aurait pas du tout aimé entendre ce que Blanche était en train de lui déclarer.

– Je t'aime, Franck. Je veux qu'on soit tous les deux pour le premier sourire du bébé, pour ses premiers pas. Je veux qu'on le regarde grandir ensemble.

Franck en fut si bouleversé que, pour la première fois depuis longtemps, il se mit à pleurer. Des larmes de joie, certes, mais aussi d'émotion, car son bonheur s'accompagnait d'une interrogation bouleversante : par quelle chance inouïe une femme aussi extraordinaire que Blanche était-elle tombée amoureuse de lui ? Il en vint même à se dire qu'il s'agissait peut-être d'un signe divin. Le signe que sa faute passée, son crime, était pardonnée. Pour la première fois depuis ses dix-sept ans, on lui accordait le droit d'être heureux. Il était si ému qu'il n'entendit pas sonner son téléphone portable. Ce fut Blanche qui lui tendit l'appareil.

– Tu réponds ? C'est bon, tu peux encore parler ? se moqua-t-elle gentiment.

Franck sourit, se leva du canapé et décrocha avec légèreté.

– Allô ?

Une voix inconnue se manifesta à l'autre bout du fil.

– On sait que tu es de retour à Marseille, Franck Ruiz... et on ne te lâchera pas.

On raccrocha. Franck sentit ses jambes défaillir.

– C'était qui ? Tu as l'air bizarre, s'enquit Blanche.

– Rien... Une erreur..., marmonna-t-il.

Il se força à sourire pour rassurer sa compagne. Un effort surhumain. Il s'était lourdement trompé : son passé ne le lâchait pas. Et, contrairement à ce qu'il avait cru, il n'aurait pas le droit d'être heureux.

Trois jours plus tard, le jour des épreuves de philosophie, Johanna n'avait toujours pas donné signe de vie à sa mère, qui se faisait un sang d'encre. Certes, la jeune fille avait prévenu Roland qu'elle s'installait chez Arnaud : pas de quoi s'inquiéter de ce côté-là. Mais Blanche craignait que, par pure provocation envers elle, elle refuse tout bonnement de passer la philo. Or, ne pas se présenter à une épreuve du baccalauréat était éliminatoire. Elle devait à tout prix trouver où habitait Arnaud et convaincre sa fille d'être raisonnable.

Mais Roland lui expliqua très justement que, si elle s'avisait de faire la morale à Johanna, alors l'adolescente saboterait à coup sûr son examen, rien que pour la contrarier. Blanche se sentait impuissante – mais que pouvait-elle faire ?

Car ses craintes étaient justifiées : en sortant de chez Arnaud, tôt ce matin-là, Johanna annonça tout de go à son copain que, plutôt que d'aller passer le bac, elle comptait bien le suivre au studio d'enregistrement et passer la journée avec lui. Le garçon refusa tout net et haussa même le ton, la sommant d'« arrêter ses conneries », selon son expression. Fidèle à son mauvais caractère, son amie le prit d'abord de haut. Puis, changeant de répertoire, elle lança une rafale d'arguments rebattus contre le baccalauréat, ce diplôme dépassé. La meilleure preuve n'était-elle pas Arnaud lui-même qui, sans ce bout de papier, faisait quand même un métier passionnant ? Voyant l'heure qui tournait, l'autre chercha une accroche plus sentimentale pour vite ramener Johanna à la raison.

– Si tu ne passes pas ton bac dans le seul but de faire chier ta maman, je penserai que tu n'es qu'une gamine complètement immature, menaça-t-il gravement.

– Sérieux ?

Pour toute réponse, Arnaud fixa sévèrement Johanna. Elle soupira... et, vaincue, prit la direction du centre d'examen.

Incapable de rester sans rien faire, Blanche se décida dans la matinée à aller trouver Arnaud au studio où il travaillait avec Maïdi Roth pour lui demander de l'aider à se réconcilier avec Johanna. Franck, de son côté, s'en fut au *Bar du Mistral*. Blanche mise à part, Roland était la seule personne en qui il avait confiance. Et il avait besoin de se livrer. Voyant son air morose, le patron du café se dit qu'il devait encore ruminer ses démêlés avec Johanna.

– Ma petite-fille peut être une vraie peste, c'est vrai, commença-t-il, mais elle a bon cœur. Ça s'arrangera avec l'arrivée du bébé, je vous le promets.

– Je ne crois pas, non. Ça va même empirer.

L'électricien avait répondu d'un ton si sombre que Roland comprit qu'il ne parlait pas de ses difficultés avec l'adolescente.

– Franck, qu'est-ce qui ne va pas ? Je vous sens préoccupé

depuis ces derniers jours. Au début, je pensais qu'il s'agissait de Johanna, mais... il y a autre chose, n'est-ce pas ?

L'autre soupira. Puis il se lança.

– Je vous ai menti, Roland. Mon vrai nom est Franck Ruiz. J'ai grandi dans les quartiers nord de Marseille, dans l'une des cités les plus dures de la ville.

– C'est peut-être un problème pour certains, mais pas pour moi, en tout cas, répondit Roland.

– Attendez, je n'ai pas fini. Je faisais partie d'un gang : les M-13. On dealait, on faisait des cambriolages. Le chef s'appelait Patrice Cléry. J'aurais donné ma vie pour lui, sans hésiter. Un jour, il m'a demandé de tuer un homme. Et je l'ai fait. J'avais dix-sept ans.

Roland accusa le coup. Il ne répondit pas tout de suite, détaillant le visage de Franck. C'était donc ça, sa part d'ombre...

– Et... vous avez raconté cette histoire à Blanche ? osa-t-il demander après un long silence.

Franck hocha la tête.

– Elle a eu la générosité de me pardonner. Elle m'a cru quand je lui ai dit que j'avais changé.

– Moi aussi, je vous crois.

Le patron du *Mistral* était sincère : bien sûr, il était choqué de ce terrible aveu, mais son instinct lui soufflait que cet homme-là n'était plus un criminel. Franck releva la tête et le regarda droit dans les yeux, comme si le plus dur était encore à venir.

– Il y a quelque chose que je n'ai pas dit à Blanche. Vendredi, j'ai reçu un coup de fil anonyme. On m'a fait comprendre qu'on m'avait retrouvé.

– Qui ça ? Le gang ? Si longtemps après ?

– On avait un pacte chez les M-13, « à la vie, à la mort », et moi, je ne l'ai pas respecté : peu après mon crime, à la veille d'un gros coup, je me suis enfui sans prévenir. L'affaire a été un désastre et certains se sont fait serrer par la police.

Roland savait que certaines rancœurs pouvaient traverser les années, surtout chez les voyous. Il comprenait donc que Franck prenne la menace au sérieux.

– Alors, qu'est-ce que vous comptez faire ?

– Je n'en ai aucune idée. Je sais juste une chose : jamais Blanche ne sera mêlée à mon passé, d'une manière ou d'une autre. Jamais.

Il mentait sur un point. En réalité, il avait commencé à imaginer différents scénarios – et tous le renvoyaient à ce qu'il n'avait jamais cessé de faire : fuir.

À la sortie de l'épreuve de mathématiques, à la fin de la journée, Arnaud était là qui attendait Johanna. La jeune fille se jeta dans ses bras, puis elle se figea : sa mère était là elle aussi, patientant quelques mètres en retrait. Le garçon avait été touché par le désarroi de Blanche et lui avait proposé de l'accompagner. Au regard hostile de sa copine, il comprit que la tempête n'était pas loin.

– Au moins, écoute ce qu'elle a à te dire, plaida-t-il. Tu lui en veux, d'accord, mais vous ne pouvez pas couper les ponts comme ça ! Elle ne t'a pas maltraitée, elle ne t'a pas jetée à la porte... Il faut relativiser un peu, tu ne crois pas ?

Mais Johanna ne l'entendait pas. Elle s'approcha de sa mère et la toisa avec dureté.

– Bon, dis-moi ce que tu as à me dire, puisque tu es là.

Blanche fut secouée par la rudesse de sa fille. Mais au moins elle acceptait de l'écouter, c'était un début. Elle se lança.

– Être mère, ce n'est pas facile : on a l'impression qu'on ne fait que des erreurs. Je t'ai souvent blessée, Johanna, et je t'en demande pardon.

L'adolescente était troublée par la sincérité de sa mère. Et mon Dieu, oui, à voir sa mine, elle devait vraiment souffrir.

– Tu n'es pas la seule… Moi aussi, j'ai fait des erreurs…, répondit-elle faiblement.

– Alors laisse-moi une chance. Je ne veux pas qu'on se fâche définitivement, je veux qu'on soit là l'une pour l'autre si on en a besoin.

Johanna vacilla. Malgré sa colère, elle tenait à sa mère, évidemment.

– Sache enfin que, quoi que tu décides, je t'aimerai toute ma vie, conclut Blanche.

Arnaud regarda son amie. Elle ne se jeta pas dans les bras de sa mère, comme celle-ci l'espérait sûrement. Elle lui prit simplement la main, et lui sourit. La hache de guerre était enfin enterrée.

Blanche revint au Mistral rassérénée – même si Johanna n'avait pas encore parlé de rentrer à la maison et préférait rester chez Arnaud, ce qu'elle pouvait comprendre. Mais un nouveau sujet d'inquiétude l'attendait chez elle : Franck s'était décidé à lui avouer que les M-13, ou ce qu'il en restait, avaient retrouvé sa trace.

– Ils veulent se venger de moi, expliqua-t-il. Et je sais que je ne m'en sortirai pas avec une simple raclée.

– Tu veux dire que…

– Je ne suis plus en sécurité à Marseille. Si je reste dans cette ville, je vous mets aussi en danger, le bébé et toi. J'ai pris une décision, Blanche.

Celle-ci était sous le choc. Pourquoi le passé resurgissait-il vingt ans après ? Pourquoi les événements se liguaient-ils ainsi contre leur bonheur ?

– Je vais partir, annonça Franck. J'ai un copain qui m'a trouvé un gros chantier. C'est à… à Singapour. Il y en a pour plusieurs mois.

– Mais… je ne veux pas qu'on se sépare ! protesta Blanche.

– Mon ami s'est aussi renseigné pour toi… D'après lui, il y a un poste d'enseignante à pourvoir là-bas, à l'école française.

Blanche comprit ce que son ami voulait lui demander avant même qu'il ne prononce les mots.

– J'aimerais que tu viennes avec moi, finit-il par lâcher.

Ils n'en reparlèrent pas de toute la nuit, même si aucun des deux ne dormit vraiment. Franck partit travailler au petit matin. Seule dans son lit, Blanche retourna la question encore et encore. Elle ne voulait pas quitter l'homme qu'elle aimait. Mais elle ne voulait pas non plus abandonner Johanna. Elle ne voulait pas pour autant vivre seule sa grossesse. Elle ne voulait pas… La liste de ce qu'elle ne voulait pas était si longue qu'elle décida d'inverser la question : au fond, que voulait-elle ? Qu'est-ce qui était le plus important à ses yeux ? La réponse s'imposa naturellement. Et c'est ainsi qu'elle prit sa décision.

Quand l'électricien revint à l'heure du déjeuner, Blanche lui tendit un billet d'avion pour Singapour qu'elle venait d'imprimer.

– J'ai fait une réservation par Internet. Tu as un vol ce soir à dix heures et demie.

Franck regarda le papier sans rien dire. Ses jambes fléchirent.

– On peut réfléchir à une autre solution, répondit-il sans conviction.

– Tu le sais comme moi : il n'y a pas d'autre solution. J'ai peur pour toi, Franck : plus tu attends, plus le risque est grand. Mais, pour ma part, je ne peux pas partir comme ça, du jour au lendemain, et laisser Johanna aussi vite.

– Et si je lui parlais du gang ? De ce que les M-13 faisaient à ceux qu'ils appelaient les traîtres ? Ta fille comprendrait que c'est une question de vie ou de mort, qu'on n'a pas le choix !

Blanche secoua la tête tristement.

– Elle aurait l'impression que je la sacrifie pour toi. À juste titre. Je ne peux pas lui faire ça.

L'autre acquiesça en silence. Bien sûr, il comprenait sa compagne. Elle s'approcha de lui.

– Je viendrai te rejoindre, mais laisse-moi un peu de temps, souffla Blanche.

Mais elle savait que le risque existait qu'ils ne se revoient plus jamais.

– Je me cacherai, j'échapperai aux M-13 ! Je veux être auprès de toi et de notre enfant, maintenant et à la naissance, gémit Franck.

Blanche était bouleversée, mais elle tint bon.

– Pour voir naître ce bébé, encore faut-il que tu sois en vie. Je ne supporterais pas qu'on vienne m'annoncer un jour que tu as été criblé de balles.

Franck soupira. Tous les deux se regardèrent.

– Rester à Marseille, c'est vraiment ce que tu veux ? finit-il par demander.

– Oui, répondit Blanche.

Les heures qui suivirent s'écoulèrent dans la douleur. Les deux amants pleurèrent à tour de rôle. Blanche, elle, se persuadait qu'elle irait vraiment rejoindre Franck le plus tôt possible. En fin de journée, Johanna fit gaiement irruption dans l'appartement, portant un sac de vêtements à laver. En voyant la mine défaite de sa mère, l'adolescente comprit qu'il se passait quelque chose de grave. Blanche devança ses questions.

– Johanna, il faut que tu saches : Franck quitte Marseille ce soir. Il part s'installer à Singapour.

– Quoi ? Mais pourquoi ?

– Je... Je dois remplacer quelqu'un qui a eu un accident là-bas, expliqua l'autre laborieusement. C'est un gros chantier et...

La jeune fille fixa un moment les deux adultes. Le malaise était si énorme qu'il en était presque palpable.

– Arrêtez vos conneries. C'est quoi, la vraie raison ? Vous vous êtes disputés ? demanda-t-elle durement.

– C'est compliqué, bafouilla Blanche. C'est une chose qui regarde Franck et…

Elle tourna la tête en direction de son ami, gênée. Johanna, excédée, le fixa à son tour.

– Encore une de vos magouilles, je suppose ! Eh bien, tirez-vous en Asie ! Depuis le début, je pense que ce serait la meilleure chose qui pourrait arriver à ma mère !

Elle se dirigea vers la porte.

– Johanna ! protesta Blanche en se levant pour la rattraper.

Mais Franck la retint avec douceur.

– Laisse ! C'est à moi de lui parler.

Il sortit à son tour et rejoignit la jeune fille dans la cour de l'immeuble. Il l'agrippa fermement par le bras pour la forcer à entendre ce qu'il avait à lui dire.

– Écoute-moi, Johanna. J'ai fait des conneries quand j'étais jeune. Je faisais partie d'un gang. J'ai été accro à l'héroïne, j'ai dealé, j'ai volé. J'ai aussi fait une chose plus grave encore. Une chose que je regrette mais qui, aujourd'hui, vingt ans plus tard, me rattrape.

Johanna considéra Franck un peu différemment. Cet aveu paraissait lui en coûter terriblement et l'adolescente sentit que, en évoquant son passé, il revivait quelque chose de douloureux.

– C'est pour ça que vous partez à l'étranger ?

– Oui. J'aime ta mère, mais je dois la quitter pour ne pas la mêler à mes vieilles histoires.

Franck s'approcha de la jeune fille jusqu'à presque lui toucher le visage. Il plongea son regard dans le sien. Elle frissonna.

– Quitter Blanche et notre bébé, c'est la pire chose que je puisse vivre, tu comprends ? Si cette situation devait perdurer, je ne sais pas ce que je deviendrais.

Johanna soutint son regard et comprit à cet instant que cet homme qu'elle détestait avait au moins une qualité : il était sincère. Sur ce point, elle s'était lourdement trompée.

– C'est bon, je vous crois, finit-elle par admettre.

Après un dernier regard, Franck tourna le dos à l'adolescente et rentra à l'appartement. Johanna avait presque envie de lui souhaiter bonne chance, mais elle se retint – par pudeur autant que par fierté. Elle dut cependant admettre que son regard sur l'électricien venait de changer. Pas complètement, mais suffisamment pour ne plus le considérer comme un salaud.

Deux heures plus tard, Blanche et Franck quittaient la place du Mistral. Ils firent quelques pas en silence jusqu'à une station de taxis. Franck demanda au chauffeur de le conduire à l'aéroport et, pendant que celui-ci lui prenait son sac pour le ranger dans le coffre de la voiture, il se tint gauchement devant sa compagne, ne sachant quoi lui dire.

– Je t'appelle dès que j'arrive à Singapour, finit-il par bredouiller.

Blanche l'attira vers elle et l'étreignit.

– Je vais faire le maximum pour venir au plus vite, promit-elle.

– Je t'aime…

Elle se serra un peu plus contre lui.

– Moi aussi, je t'aime…

Tous deux restèrent ainsi un petit moment, sous l'œil indifférent du chauffeur de taxi. Soudain, le portable de Franck sonna. Après une seconde d'hésitation, il décrocha à contrecœur.

– Allô ?

– Je te déconseille de prendre ce vol à destination de Singapour, Franck.

Il tressaillit. La même voix que l'autre fois.

– Tu te souviens de Michel Sordi ? poursuivit l'inconnu à l'autre bout du fil.

L'autre déglutit.

– Oui.

– Tu te souviens de ce qu'on lui a fait ?

L'image d'un corps torturé traversa le cerveau de Franck.

– Oui, souffla-t-il.

– Il a mis trois jours à crever. Ce n'était pas beau à voir... C'est ce qu'on fera à la mère de ton enfant si tu pars !

L'inconnu raccrocha.

Franck eut l'impression de tomber dans le vide.

# Docteur Tautavel | 4

Comment les M-13 pouvaient-ils être au courant du départ de Franck pour Singapour ? Une fois rentré à l'appartement, l'électricien, qui avait aussi quelques connaissances en informatique, trouva dans l'ordinateur de Blanche et de Johanna un logiciel-espion : installé sur le disque dur depuis Internet, il permettait de suivre toutes les connexions effectuées depuis cette machine – par exemple, la réservation en ligne d'un billet d'avion. Franck détruisit prestement le logiciel. Mais ceux qui se cachaient derrière les M-13 avaient eu le temps de montrer leur détermination...

Cependant, Franck entreprit de rassurer Blanche. Il connaissait les codes de son ancien gang : dans l'immédiat, ils voulaient l'empêcher de quitter Marseille. Ils ne tenteraient rien contre lui tant qu'il obéirait à leurs ordres.

– Mais tu ne vas pas tout leur céder ? protesta Blanche. Ça peut durer des années !

– Il n'est pas question de ça. J'ai juste besoin de temps pour découvrir qui est derrière tout ça.

– Il faut aller voir la police.

– Surtout pas ! Les M-13 l'apprendront forcément, et alors ils s'en prendront à toi. Je ne veux pas courir ce risque !

Blanche secoua la tête, accablée.

– On est espionnés, on ne peut pas quitter le pays, on ne sait pas ce qu'ils te veulent... Ça me rend folle !

– Je vais aller faire un tour dans la cité où j'ai grandi, décida Franck. Peut-être que je trouverai quelque chose.

– Mais ça peut être dangereux !

– Je ne vois pas d'autre solution.

Le lendemain matin, Franck se rendit dans une cité des quartiers nord de Marseille. Il n'y avait pas mis les pieds depuis sa fuite vingt ans auparavant. Il fut surpris de constater que peu de choses avaient changé : certes, les bâtiments se dégradaient de plus en plus et, s'il n'y avait plus de cyclomoteurs au pied des immeubles, comme à son époque, tous les jeunes possédaient un téléphone portable. Mais sinon, la vie ici semblait toujours aussi glauque.

Il déambula un long moment en veillant à ne pas attirer l'attention. Seuls quelques gamins le regardèrent d'un œil soupçonneux, mais l'ancien voyou savait parfaitement comment ignorer ces regards et éviter toute provocation. Discrètement, il redécouvrit les lieux où, des années plus tôt, son gang se réunissait. Il se dirigea vers les boîtes aux lettres dans l'espoir d'y retrouver des noms connus, mais sans succès. Il restait encore un immeuble à visiter, et Franck commençait à douter de l'intérêt de sa démarche quand il l'aperçut, assis sur l'un de ces improbables bancs en béton brut dont sont dotées les cités populaires. Il avait l'air déjà vieux, mais c'était bien lui...

– Salut, Mario, dit Franck en s'asseyant à ses côtés.

L'homme leva les yeux d'une barquette de frites dans laquelle il piochait avec des gestes hésitants. Regard fébrile, joues creuses, cheveux filasse, sans compter une dentition dévastée – le portrait type de l'héroïnomane.

– On se connaît ?

– Bloc 7, escalier A, troisième gauche.

Mario réfléchit et scruta son interlocuteur en fronçant les sourcils, faisant un prodigieux effort de mémoire.

– Franck ? Franck Ruiz ? finit-il par demander.

– Ah, quand même ! J'ai failli me vexer, plaisanta l'autre.

Les deux hommes échangèrent une poignée de main. Celle du toxicomane était aussi molle que celle d'un grabataire, nota Franck.

– La cité te manquait ? demanda le pauvre hère en replongeant dans ses frites.

– Il faut croire. Toi, tu n'as pas bougé d'ici, si je comprends bien.

– J'ai repris le deux-pièces de ma mère quand elle est morte, il y a plus de quinze ans.

– Et ça roule ?

– Des hauts et des bas... En ce moment, ça va : je ne suis pas allé en taule depuis un bail et j'ai de quoi me payer mes doses. Et toi ? Si je me souviens bien, tu as disparu du jour au lendemain, non ?

La question ne comportait aucun sous-entendu, elle avait été posée sur le même ton lointain que tout le reste. Mario ne paraissait pas très sûr de ce qu'il affirmait. Franck choisit d'avancer à découvert.

– Après ce qui s'est passé, j'ai voulu changer de vie. Je suis parti à l'étranger et j'ai appris un métier. Maintenant, je suis électricien.

– C'est bien, ça, l'électricité, approuva Mario.

– Et... les autres, tu les revois ?

Le toxico secoua tristement la tête.

– Ceux qui ne sont pas morts sont en taule pour longtemps. Avant de te revoir, je pensais être le seul rescapé. C'est vieux, tout ça, soupira-t-il.

– Et Patrice ?

– Il s'était lancé à fond dans le deal avant de disparaître : il s'est tiré en Italie pour échapper aux flics. On n'en a plus jamais entendu parler.

– C'était il y a longtemps ?

L'autre siffla pour signifier qu'il s'agissait là d'une histoire ancienne.

– Dix, quinze ans ? Je ne sais plus trop. Pourquoi ? Tu veux faire un dîner de vétérans ?

– Non, c'était juste pour savoir.

La barquette de frites était vide. Mario chercha une poubelle du regard et, finalement, la laissa tomber par terre.

– À l'époque, on a fait des conneries, mais on s'est aussi bien marrés, hein ? On était une grande famille, souffla-t-il, soudain nostalgique.

– Comme tu dis, Mario : une vraie famille...

Le soir, pendant le dîner, Franck raconta sa rencontre à Blanche et à Roland. Ce dernier, dont le soutien pouvait être précieux, avait en effet été mis dans la confidence.

– Mario m'a fait de la peine. C'est une épave à moitié déconnectée de la réalité. Ce n'est pas lui qui est derrière toute cette saloperie.

– Il t'a parlé des autres ?

– C'est l'hécatombe. Ils sont tous morts, ou alors en taule. Sauf le chef de la bande, qui serait parti en Italie.

Roland se racla la gorge et échangea un regard de connivence avec Blanche.

– Patrice Cléry, c'est ça ? demanda-t-il.

– Oui. Il pourrait peut-être tirer les ficelles, répondit Franck.

– J'ai un ami policier, Léo Castelli, expliqua le patron du *Mistral*. Ce matin, quand Blanche m'a raconté tout ce qui se passait, je lui ai touché un mot de cette histoire, simplement pour qu'il jette un coup d'œil sur ce qui concerne les M-13 dans les archives. Il m'a téléphoné dans l'après-midi : d'après lui, ce type, Patrice Machin, est mort en Italie.

Franck réfléchit un instant. Patrice Cléry mort ? Quelque chose clochait. Il imaginait mal un quelconque sous-fifre du gang, qui plus est en prison, ayant le pouvoir de surveiller ses moindres faits et gestes. Non, le salopard qui était aux commandes était forcément libre.

La sonnerie du téléphone retentit. Blanche et Roland se figèrent.

– Oui ? demanda Franck, méfiant.

– Bon appétit, Ruiz ! Au fait, tu as du courrier dans le tiroir du secrétaire.

Et on raccrocha.

Sans un mot, Franck se leva de table et alla ouvrir le tiroir du petit bureau. Une enveloppe de papier kraft se trouvait là, avec son nom écrit dessus. Il la montra aux autres, médusés.

– On vient de me dire de prendre cette lettre ici, lâcha-t-il.

Blanche se sentit défaillir.

– Mon Dieu, ça veut dire qu'ils sont venus ici...

Franck avait déjà déchiré l'enveloppe et, blanc comme un linge, lut le message à haute voix.

– « Demain, on te donnera l'immatriculation d'une voiture et l'endroit où elle est stationnée. Il y aura une mallette dans le coffre. Prends-la et cache-la chez Blanche Marci. Si tu ouvres cette mallette ou si tu préviens les flics, on le saura. On te surveille... »

Une nouvelle fois, Blanche supplia Franck de ne pas obéir à ces ordres. Après un long débat, l'électricien finit donc par assurer à sa compagne qu'il n'irait pas chercher la mallette – en espérant que ceux qui le menaçaient finiraient un jour par laisser tomber. En réalité, comme il l'avoua un peu plus tard à Roland, Franck mentait : il voulait par-dessus tout protéger Blanche et la tenir à l'écart de la spirale infernale qui se mettait en place, mais son intention était bel et bien de récupérer cette fameuse mallette et, malgré l'interdiction, de l'ouvrir avec l'espoir d'y trouver un indice. Tout de suite, le patron du *Mistral* proposa son aide : Franck ne pouvait pas faire ça chez Blanche – car qui sait quel piège cachait l'attaché-case ? Il convainquit donc l'électricien d'en vérifier le contenu tous les deux dans son café.

Le lendemain, dans l'après-midi, l'inconnu rappela Franck et lui communiqua les coordonnées précises de la voiture. Il trouva le véhicule dans une rue déserte et n'eut aucune difficulté à s'emparer de la mallette. Il rentra au *Mistral* à pied, privilégiant les voies piétonnières au cas où on le suivrait en voiture. Au détour d'une ruelle, à un moment qui avait été convenu auparavant, il croisa rapidement Roland à qui il remit discrètement l'attaché-case sans échanger un mot.

Johanna fut surprise d'apprendre que, finalement, Franck ne quittait plus Marseille. Si les explications de sa mère lui parurent confuses et laborieuses, celle-ci avait l'air heureuse – et l'adolescente, qui commençait à souper de ces histoires, décida de ne plus y prêter trop attention. D'autres choses lui occupaient l'esprit : son bac, son histoire d'amour avec Arnaud, mais aussi les moments qu'elle passait avec Maïdi Roth, qui était presque devenue une copine pour la jeune fille.

Pour Johanna, il était en effet exaltant de fréquenter régulièrement une chanteuse qu'elle admirait. Oui, elle avait une chance incroyable, et se demandait parfois pourquoi une artiste accomplie lui accordait autant d'attention. Maïdi lui racontait même ses déboires avec son producteur – un horrible individu prétentieusement dénommé Bob Grant, que Johanna avait détesté dès le premier instant où elle l'avait rencontré.

Il faut dire que, aux jeux olympiques de la vulgarité, il serait sans aucun doute monté sur la plus haute marche du podium tant ses manières étaient celles du parfait goujat. D'ailleurs, l'adolescente avait du mal à comprendre comment une artiste aussi sensible que Maïdi avait pu signer un contrat avec un abruti pareil. Pour l'heure, la chanteuse regrettait amèrement son choix : leur désaccord sur le disque qu'elle était en train d'enregistrer était total. Elle avait demandé à son avocat de négocier la rupture du contrat, mais Bob refusait tout arrangement et menaçait même de ruiner sa carrière si, selon ses propres mots, elle ne lui « torchait » pas vite fait bien fait un disque de pure soupe commerciale. Sur toute cette affaire, Johanna avait été aux premières loges – et voilà que Maïdi se plaignait de ne plus avoir l'esprit en paix depuis que son producteur s'était mis à la harceler à la sortie de son hôtel.

– Il vient me cueillir tous les matins au saut du lit pour me menacer !

– Vous n'avez qu'à changer d'hôtel, suggéra Johanna, consternée.

– Tu ne connais pas Bob : il est tenace, il fera le tour de tous les grands établissements de Marseille pour me retrouver !

La jeune fille eut alors une idée.

– J'en connais un dans le quartier où j'habite. Le *Select Hôtel*. Bon, ce n'est pas le grand luxe, mais c'est confortable. En plus, il y a un flic parmi les pensionnaires permanents.

– Le luxe, je m'en fous. C'est un coin tranquille ?

– C'est super sympa, intervint Arnaud. Tout le monde se connaît : même si Bob retrouvait ta trace, tu y serais en sécurité !

– C'est vrai, vous serez comme chez vous là-bas, renchérit Johanna. Je vous présenterai tout le monde !

Maïdi réfléchit un instant.

– Je peux m'y installer dès ce soir ? J'ai hâte de ne plus avoir Bob à mes basques !

Franck vint discrètement frapper à la porte du *Bar du Mistral* quelques instants après la fermeture. Roland le fit entrer et les deux hommes passèrent dans l'arrière-cuisine : la mallette trônait sur le plan de travail. L'électricien sortit un tournevis de la poche de son blouson.

– Vous êtes bien sûr ? demanda le patron du bar, inquiet.

– Je ne peux pas me défendre si je n'ai pas un début de piste, répondit l'autre en faisant sauter les deux serrures.

L'attaché-case contenait de vieux journaux, ce qui fit lever un sourcil d'étonnement aux deux hommes. Franck commença à fouiller dans les papiers et en sortit la photo vieillie d'un jeune gars ainsi qu'une enveloppe.

– Qui est-ce ? Vous connaissez ce type ? interrogea Roland.

Franck hocha la tête, le regard sombre.

– Il s'appelle Pierre Garcia. C'est l'homme que j'ai tué quand j'avais dix-sept ans.

Roland ne fit pas de commentaire. L'enveloppe qui accompagnait la photo, il s'en doutait bien, ne contenait rien de bon. Il la décacheta et, après avoir lu la lettre, la tendit à son ami. Le message était on ne peut plus clair : « Tu ne devais pas ouvrir cette mallette. Tu as désobéi. Tu paieras ! »

Dès le lendemain matin, Franck reçut un appel lui ordonnant d'abandonner en un lieu précis l'attaché-case avec à l'intérieur mille euros en liquide. Comme Roland s'étonnait que la somme exigée soit plutôt modeste pour des malfrats habitués à plus, l'ancien voyou lui expliqua qu'il s'agissait d'un test d'obéissance, précédant des demandes plus conséquentes. Pour l'heure, les deux hommes tenaient là une petite chance de mettre la main sur le maître chanteur : il faudrait bien que quelqu'un vienne récupérer la mallette à l'endroit convenu, Franck comptait donc suivre discrètement celui qui se présenterait pour la besogne. Mais Roland souleva une faille : il était observé de près, son plan risquait donc de tomber à l'eau. Aussi le patron du *Mistral* proposa-t-il de faire le guet lui-même : au moins, lui, personne ne le surveillait !

Le soir venu, tandis que Roland, loin du Mistral, attendait que l'on vienne reprendre la mallette, Franck, lui, avait le plus grand mal à contrôler sa nervosité et à ne pas regarder sa montre toutes les trente secondes. Coup de chance pour lui, Blanche constata que le réfrigérateur ne contenait rien qui lui fasse envie et sortit acheter quelques provisions pour le dîner. À peine avait-elle franchi la porte qu'il décrocha son portable.

– Depuis que j'ai déposé l'attaché-case, pas un chat n'est passé, dit Roland.

– Soit ils se méfient, soit ils nous baladent, commenta Franck.

– Ça fait déjà une demi-heure. Je rentre et je rapporte la mallette ?

– Non, attendez encore un peu.

Un instant, la communication sembla interrompue. Franck s'inquiéta.

– Roland, vous êtes là ? Tout va bien ?

– Quelqu'un s'approche, murmura l'autre au bout du fil.

En effet, une silhouette venait de tourner au coin de la rue. Roland ne distingua pas ses traits. Il s'agissait d'un homme. Il marchait d'un pas rapide sur le trottoir, puis ralentit quand il avisa la mallette.

– Il vient de s'arrêter, décrivit Roland d'un ton presque inaudible. Il regarde autour de lui.

– Il ne vous voit pas ?

– Non, je suis dans l'ombre d'une porte cochère. Ça y est, il prend la mallette. Il traverse la rue. Il va passer à côté de moi…

Silence pendant quelques secondes. À l'autre bout du fil, Franck perçut que la respiration de Roland s'était accélérée. Puis celui-ci étouffa un juron.

– Merde ! C'est… C'est le docteur Tautavel !

Un peu plus tard, Roland raconta à Franck le peu qu'il savait sur Michel Tautavel. Il venait de Bordeaux. C'était un camarade de faculté du médecin du Mistral, Guillaume Leserman. Il s'était installé dans le cabinet de ce dernier pour un remplacement de quelques mois. Certes, Tautavel avait tendance à draguer toutes les femmes du quartier et à prescrire des médicaments et des examens à tour de bras – mais c'étaient bien les deux seuls travers que lui connaissait Roland. D'ailleurs, Thomas s'était déjà fait soigner par lui et ne tarissait pas d'éloges sur sa gentillesse et ses compétences.

– Tout ça ne cadre pas franchement avec les M-13, s'étonna Franck.

– Peut-être qu'il s'agit d'une coïncidence, suggéra Roland. Tautavel a un peu hésité avant de prendre la mallette.

– Ouais… Ce toubib arrive au Mistral à peu près à la même période que moi, il travaille à deux pas de chez Blanche et il se trouve par hasard dans la rue où on m'a demandé de laisser la mallette ? Ça fait beaucoup de coïncidences, vous ne trouvez pas ?

L'autre soupira. Il ne savait quoi penser.

– Vous croyez qu'il aurait pu avoir un lien avec le gang autrefois ?

– C'est justement sur son passé qu'il faudrait en savoir plus.

Les deux hommes convinrent donc de se renseigner chacun de son côté. Roland connaissait bien Luna Torres, la compagne de Guillaume Leserman, et proposa donc de l'interroger discrètement sur son mystérieux remplaçant. Quant à Franck, il se dit qu'une consultation auprès de ce médecin s'imposait.

Maïdi Roth s'était donc installée au *Select Hôtel*, sur la place du Mistral. Comme Johanna le lui avait promis, elle fut accueillie très chaleureusement par les habitants du quartier et se sentit tout de suite à l'aise au sein de cette petite communauté. De plus, la présence parmi les pensionnaires de l'hôtel de Léo Castelli était effectivement rassurante. Car Bob Grant n'avait pas tardé à retrouver sa trace et était revenu à la charge, refusant toujours de rendre sa liberté à « sa » chanteuse. Dans une ultime tentative pour rompre le contrat à l'amiable, tous les deux se retrouvèrent dans un café. Maïdi, résolue à dédommager son producteur du préjudice qu'elle lui imposait en arrêtant leur collaboration, sortit un chèque de son sac et le posa devant lui.

– Voilà sept mille euros. Je ne veux pas que la rupture de notre contrat te coûte de l'argent : avec ça, tu auras largement de quoi te rembourser, commença-t-elle.

Bob Grant regarda fixement la chanteuse, puis secoua la tête, contrarié.

– Tu sais quoi, Maïdi ? On va dire que je n'ai rien entendu.

Sur ce, il déchira le chèque avec soin.

– Je crois que tu n'as toujours pas percuté, ma belle. Il n'y a qu'une personne ici qui peut rompre le contrat : c'est moi ! Et comme je n'ai pas l'intention de le faire, tu vas bouger ton cul et retourner en studio finir le boulot que tu me dois.

Maïdi soupira. Elle ravala le dégoût que lui inspirait ce type et tenta de rester sur un terrain formel.

– Si tu ne veux rien entendre de moi, il faudra bien que tu t'arranges avec mon avocat.

– Il n'y a pas d'avocat qui tienne ! C'est moi qui allonge le fric, alors c'est moi qui mène le jeu ! C'est compris ?

– Bon, je crois qu'on n'a plus rien à se dire, voulut conclure la jeune femme en faisant mine de se lever.

– On parie ? À ta place, petite conne, j'arrêterais de la ramener ! Assieds-toi !

– Et si je refuse, qu'est-ce que tu vas me faire ? Tu vas me casser les jambes à coups de batte de base-ball ? Tu te crois au cinéma, Bob ?

Mais l'autre la fixa d'un œil glacial.

– Les jambes ? Les doigts, plutôt… Pour une guitariste, c'est plus utile…

Maïdi en resta sans voix. Elle considérait déjà son producteur comme un macho, un inculte, un mufle – bref, tous ces travers que possèdent les individus obsédés par l'argent –, mais là, en plongeant dans son regard mauvais, elle comprit qu'il était aussi dangereux.

Franck, qui s'était rendu chez le docteur Tautavel en se plaignant d'un mal de dos imaginaire, dut bien s'avouer en quittant le cabinet que la visite n'avait rien produit de suspect. Le médecin, très décontracté, n'avait réagi à aucun de ses sous-entendus. Si ce type était lié aux M-13, il cachait sacrément bien son jeu. Perplexe, l'électricien était plongé dans ses réflexions quand son téléphone sonna : l'inconnu lui ordonnait désormais de lui fournir le planning des gardes de nuit du capitaine Castelli.

– Allez au diable ! répondit Franck.

La voix à l'autre bout du fil se mit à ricaner.

– Ce matin, ta poule a dit à sa copine Charlotte que tu ferais le meilleur papa du monde. S'il lui arrivait malheur, on ne pourrait vérifier cette touchante prévision. Ce serait dommage, non ?

Franck tressaillit. Ils avaient mis l'appartement de Blanche sur écoute ! Immédiatement, il se livra à une inspection en règle de tout le logement, imaginant assez vite les nombreux emplacements où l'on avait pu dissimuler un micro. Pendant deux heures, il fouilla méticuleusement tous les moindres recoins et finit par découvrir un minuscule capteur, caché dans une lampe murale. Il l'attrapa délicatement et, pour le mettre hors service, le plongea dans un verre d'eau. Puis il partit quérir l'avis d'Arnaud en prétendant l'avoir trouvé sur un chantier. L'ingénieur du son confirma qu'il s'agissait bien d'un micro professionnel, aux performances pointues, et se désola qu'il ne fût plus en état de marche.

– C'est dommage, je vous l'aurais bien racheté. Neuf, ça vaut la peau des fesses !

– Un truc pareil, ça a une portée de combien ? demanda Franck, l'air de rien.

– Cinquante mètres, facile. Et c'est précis : avec ce joujou, vous entendez le tic-tac du réveil de votre voisin d'en face !

Cinquante mètres. Le cabinet médical du docteur Tautavel se trouvait dans ce périmètre.

La nuit suivante, Franck, qui ne parvenait pas à dormir, fut soudain mis en alerte par un bruit suspect. Il se leva en prenant garde de ne pas réveiller Blanche et sortit de la chambre à pas de loup. Dans la pénombre du salon, il lui sembla percevoir un souffle. Il alluma la lumière... et tomba nez à nez avec Michel Tautavel, une trousse médicale à la main !

– Qu'est-ce que vous foutez là ?

L'autre, stupéfait, ne put que répéter la question.

– Comment ça, qu'est-ce que je fous là ?

Franck, furieux, se jeta sur le médecin et l'agrippa par le col.

– Ordure ! Qui c'est qui t'envoie, tu vas me le dire ?

– Mais c'est vous qui m'avez téléphoné ! Une urgence pour Mme Marci !

– C'est pour ça que tu es entré en douce dans l'appartement ? Tu te fous de ma gueule !

– On m'a dit que la porte serait ouverte et qu'il ne faudrait pas faire de bruit pour ne pas réveiller les enfants !

Tautavel était terrorisé. Franck, ivre de colère, resserra son étreinte et approcha son visage de celui du médecin.

– Arrête tes conneries, maintenant. Tu as trente secondes pour me donner le nom du salaud pour qui tu bosses, sinon je te crève !

– Mais qu'est-ce que vous racontez ? Lâchez-moi !

Franck s'apprêtait à frapper le médecin mais se figea soudain. Blanche se tenait au milieu de la pièce et fixait les deux hommes, blême.

– Mais qu'est-ce que tu fais ? souffla-t-elle, effrayée.

– Il s'est introduit ici ! Il bosse pour les M-13 !

– Mais pas du tout ! Je n'ai rien fait ! On m'a appelé pour une urgence !

Tautavel regarda Blanche comme si elle était sa seule planche de salut.

– Franck ! Tu es devenu fou ? Lâche-le, enfin ! gémit-elle.

L'autre, hagard, essoufflé, relâcha son étreinte et laissa le médecin s'enfuir en titubant. Comme Blanche le fixait d'un air accusateur, il détourna les yeux, à bout de nerfs.

# Un revenant | 5

Après l'incident, Franck fut forcé de tout avouer à sa compagne : la mallette, le micro, le nouveau chantage dont il était victime… Blanche avait en effet été effarée de découvrir son amant capable d'une telle violence. Il reconnut avoir été sur le point de déraper, certes, mais il restait persuadé que Tautavel s'était introduit dans l'appartement afin de remplacer le micro qu'il avait détruit. D'une manière ou d'une autre, il était lié à son ancien gang ! Blanche l'écouta jusqu'au bout puis, sceptique, s'interrogea : pourquoi donc les M-13 agiraient-ils par l'intermédiaire de Michel Tautavel ? Franck, secrètement, avait un regret : s'il n'avait pas été surpris la nuit passée, il aurait obtenu une réponse à cette question. Le toubib ne perdait rien pour attendre.

Maïdi Roth n'était pas non plus du genre à se laisser intimider. Après sa dernière entrevue avec Bob Grant, quand il avait menacé de lui briser les doigts, elle avait décidé de mettre à profit ses relations de bon voisinage avec Léo Castelli. Le policier prit donc l'affaire en main – d'autant qu'il avait déjà croisé le producteur au *Select* et qu'il lui avait franchement déplu. Il conseilla à la chanteuse de porter plainte, puis convoqua Bob au commissariat pour une confrontation. À peine la porte franchie, celui-ci se mit à faire le fanfaron.

– Vous pouvez me dire ce que je fous ici ? commença-t-il à aboyer.

– Il semble qu'un litige d'ordre professionnel vous oppose à Mlle Roth, énonça Castelli d'une voix neutre.

– Je rêve ! Alors, Maïdi, on se frite un peu et tu viens pleurer dans les bras des flics ?

Il secoua la tête comme s'il était sincèrement choqué. La chanteuse allait répliquer, mais Léo lui fit signe de ne rien dire.

– Je vais vous dire de quoi il s'agit, M. Grant. Mlle Roth vient de porter plainte contre vous pour menaces caractérisées contre sa personne. C'est une affaire grave.

– Mais c'est absolument faux ! Je respecte mes artistes, moi ! protesta l'autre.

– Sauf que je vous ai moi-même entendu lui tenir des propos menaçants, l'autre jour dans le hall de son hôtel. Un fait que je ne manquerai pas de signaler au substitut du procureur... Vous me suivez ?

Bob soupira.

– D'accord, c'est bon, j'ai compris... On fait quoi, maintenant ?

– Tâchez de trouver un arrangement équitable. Je suis sûr que, dans ce cas-là, Mlle Roth acceptera de retirer sa plainte.

– Bien sûr, confirma Maïdi. Je ne veux pas jeter de l'huile sur le feu.

Castelli les laissa seuls quelques minutes dans son bureau, le temps qu'ils règlent leur différend. Cette fois-ci, non seulement le producteur accepta le chèque de dédit que la chanteuse lui donna, mais il signa le contrat qui formalisait leur rupture.

– C'est mieux comme ça, conclut l'artiste sur un ton conciliant. Ça ne peut pas coller entre toi et moi, tu le sais bien.

Bob se leva sans répondre et, le regard fermé, s'apprêtait à quitter le bureau du policier quand il se retourna vers la jeune femme.

– Tu crois m'avoir baisé, hein ? Tu vas le payer cher, figure-toi ! lâcha-t-il.

Maïdi, tétanisée, fut incapable de répliquer.

Franck fut furieux d'apprendre de la bouche de Roland que Michel Tautavel racontait à qui voulait l'entendre l'étrange agression dont il avait été victime chez Blanche.

– Comment ose-t-il se poser en victime, celui-là ? s'indigna-t-il.

– Il joue bien la comédie, en tout cas : il avait vraiment l'air déboussolé, répondit le patron du *Mistral.*

L'électricien serra les dents. Imaginer Tautavel s'épanchant auprès des bonnes âmes du Mistral lui était insupportable.

– Qu'on me laisse deux minutes en tête-à-tête avec lui et je lui ferai cracher tout ce qu'il sait ! Il était à deux doigts de tout balancer, l'autre nuit ! Si Blanche n'était pas arrivée...

– En tout cas, vous avez au moins prouvé aux salauds d'en face que vous ne vous laissez pas faire !

Comme Roland quittait le comptoir pour aller ranger sa cuisine, le portable de Franck sonna. Les « salauds d'en face » se manifestaient.

– Alors, Ruiz, qu'est-ce que tu fous ? Ça vient, ces renseignements sur Castelli ? demanda la voix anonyme.

– Viens me les demander en face ! répondit l'autre en chuchotant pour ne pas alerter les clients du bistrot.

– C'est ta petite femme qu'on va aller voir si tu joues au con !

L'interlocuteur coupa la communication. Quand Roland revint au comptoir, quelques minutes plus tard, Franck était immobile, un rictus inquiétant aux lèvres.

– Franck ? Qu'est-ce qui se passe ? Il y a un problème ?

– Non, pas du tout, mais... il faut que je rentre. Blanche s'impatiente.

Il quitta rapidement le *Bar du Mistral*, fit quelques pas dans une rue adjacente d'où il pouvait observer le cabinet médical de Tautavel. Ce dernier coup de téléphone était celui de trop. Il n'allait pas se tourner les pouces en attendant qu'il arrive quelque chose à Blanche, quand même ! Surtout avec ce toubib qui le narguait presque sous ses fenêtres. Il voulait savoir. Maintenant.

Le docteur Tautavel ferma le cabinet et s'éloigna d'un pas léger. Franck le suivit à bonne distance. Il eut alors l'impression désagréable de se retrouver au temps de sa jeunesse, quand il excellait dans l'art de pister sa victime avant de la braquer. Les M-13, encore et toujours. Tandis que les deux hommes passaient devant la palissade d'un chantier, désert à cette heure, il décida de passer à l'attaque. Avec une célérité étonnante, il fonça sur le médecin, l'agrippa par-derrière et le traîna derrière la clôture. Tautavel, pris de panique, reconnut Franck tout de suite.

– Au secours ! À l'aide ! Lâchez-moi ! hurla-t-il.

L'autre le gifla violemment pour interrompre ses cris. Sonné, le toubib le regarda.

– Vous êtes un malade mental, souffla-t-il.

– Malade mental ? Tu as raison : je ne supporte pas que tu menaces ma compagne et l'enfant qu'elle porte, salaud !

Franck maintenait Tautavel contre le mur. Il ne résista pas, abasourdi par ce qu'il venait d'entendre.

– Mais... Qu'est-ce que vous racontez ? Je vous jure que je ne menace personne !

Les talents de comédien du médecin ne firent qu'exaspérer davantage son agresseur. Il sortit un couteau à cran d'arrêt qu'il plaça sous sa gorge.

– Je ne laisserai personne leur faire du mal. Je préfère encore te tuer ! Mais je te laisse une dernière chance : dis-moi pour qui tu travailles dans la bande !

– Que... Quelle bande ? Je ne sais même pas de quoi vous parlez !

– Crache le nom ou tu es mort !

– Le nom de qui, merde ?

Aveuglé par sa rage, Franck eut un instant d'inattention – un instant suffisant pour que Tautavel dégage un bras et réussisse à lui asséner un coup. Il voulut s'élancer afin de s'échapper, mais l'autre parvint à le retenir. Les deux hommes se battirent dans un corps à corps confus, l'un gêné par son couteau, l'autre par son inexpérience. Soudain, Tautavel se plia en deux en hurlant.

– Ma jambe !

Une tache rouge apparut, qui se mit à grossir sous l'œil hébété de Franck. Il regarda le cran d'arrêt qu'il tenait encore à la main et constata qu'il était aussi maculé de sang.

– Je suis blessé... Aidez-moi..., gémit Tautavel en essayant de contenir l'hémorragie.

L'agresseur tituba. La haine qu'il ressentait contre le médecin venait de céder la place à du dégoût pour lui-même. Cette violence qu'il avait tenue à l'écart pendant des années l'avait submergé – et ce face-à-face avec ses anciens démons lui donna la nausée. Une fois de plus, Franck Ruiz s'enfuit...

L'intuition, pour le capitaine Castelli, était la mère de toutes les vertus. Certains policiers concentrent tous leurs efforts d'investigation dans une démarche rationnelle, presque scientifique. D'autres ne connaissent que les rapports de force

– ce qui revient, en gros, à malmener toute personne qui tombe entre leurs mains pour faire avancer leur enquête. Si Léo empruntait à ces deux méthodes, il finissait toujours par se laisser guider par son flair. Vingt ans de métier avaient aiguisé ses antennes, tel un radar, et il savait que l'essentiel de son boulot consistait à fouiller la part d'ombre que cache tout individu.

Ainsi, quand il prit en charge l'agression de Michel Tautavel, le flic comprit très vite que cette affaire était bien plus complexe que la thèse, défendue par le médecin, d'un coup de folie inexpliqué de la part de son assaillant. Le toubib, dont la blessure s'était avérée sans gravité, avait évidemment porté plainte, et Léo avait été obligé de mettre Franck sous les verrous. Ce dernier soutenait pourtant inlassablement qu'au moment des faits, à dix heures du soir, il était auprès de Blanche – ce que celle-ci confirma, dans l'intention manifeste de le protéger. La confrontation entre les deux hommes ne donna rien. Tautavel maintint ses accusations et Franck nia laborieusement, sans même parvenir à regarder sa victime dans les yeux.

En assemblant les pièces du puzzle qu'il avait en sa possession et en les passant à travers le prisme de sa fameuse intuition, Léo Castelli était parvenu à la conclusion que le médecin autant que l'électricien étaient des victimes. Le docteur Tautavel, pour sa part, avait reçu deux appels anonymes en quarante-huit heures. Le premier lui demandait de se rendre au chevet d'un patient. À l'adresse indiquée, pas de malade, mais un attaché-case abandonné qu'en bon citoyen il avait rapporté au commissariat ; or, cette mallette, que d'ailleurs personne ne réclamait malgré les mille euros qu'elle contenait, Léo était certain de l'avoir entraperçue au *Bar du Mistral* dans les bras de son ami Roland. Le soir suivant, Tautavel recevait un deuxième appel, lui demandant cette fois-ci d'intervenir chez Blanche Marci – avec le résultat que l'on connaissait.

Le lendemain soir, Franck s'en prenait une nouvelle fois au toubib et, d'après la déposition de celui-ci, voulait à tout prix lui faire avouer le nom d'une personne qui les menaçait, Blanche et lui. Or, l'électricien n'avait avoué qu'une seule chose durant sa garde à vue : avoir fait partie d'un gang par le passé. Léo s'était alors souvenu qu'un jour Roland l'avait questionné, l'air de rien, sur les M-13. Sa conviction était faite : pour des raisons qu'il ignorait encore, Franck devait subir des pressions de membres de son ancienne bande. Pour le pousser à la faute, ils l'avaient probablement mis sur la piste du pauvre docteur Tautavel qui, lui, n'était vraiment pour rien dans cette histoire. Roland, pour sa part, le soutenait par solidarité avec Blanche, qu'il considérait un peu comme sa fille.

En revanche, ce que Léo ne comprenait pas, c'est la raison pour laquelle Franck s'entêtait à nier l'évidence. L'agression de Tautavel allait l'envoyer en prison pour une année minimum. S'il aimait Blanche, ce qu'on ne pouvait nier, pourquoi accepter de s'éloigner d'elle aussi longtemps ? Si l'hypothèse du flic était juste, Franck ne pourrait protéger sa compagne depuis le fond de sa cellule. Pourquoi refusait-il de dire la vérité ?

Le capitaine se perdait en conjectures quand un nouvel élément vint modifier la donne : Arnaud, le petit ami de Johanna, confirmait l'alibi de Franck en assurant avoir téléphoné chez Blanche à l'heure de l'agression et avoir parlé à l'électricien à ce moment-là. Quelques heures plus tard, Léo fit amener le suspect dans son bureau.

– Arnaud Pia dit vous avoir parlé au téléphone chez Blanche Marci au moment où le docteur Tautavel se faisait agresser. Vous confirmez cette conversation, je suppose ?

– Euh... oui, reconnut Franck du bout des lèvres.

– Nous avons vérifié : M. Pia a effectivement téléphoné chez Mme Marci à 22 h 05. Même si rien ne prouve que c'est vous qui avez décroché, le substitut du procureur a pris en compte ce nouveau témoignage. Vous êtes donc libre, conclut Castelli.

L'autre dut faire un gros effort pour dissimuler sa surprise.

– Je... Je vous remercie, dit-il gauchement.

– Ce n'est pas moi qu'il faut remercier, c'est M. Pia. Pour ma part, je reste persuadé que vous êtes l'auteur de l'agression contre le docteur Tautavel. Je vais vous dire le fond de ma pensée : vous avez des ennuis avec des membres de votre ancienne bande, les M-13, et vous vous êtes trompé de cible en croyant que Tautavel marchait avec eux.

– Je vais y aller, Blanche doit m'attendre, balbutia Franck, sur la défensive.

– Justement, pensez à elle. Si vous me dites la vérité, je pourrai coincer vos anciens amis et vous écoperez d'une peine minimum pour cette agression. Je pourrai peut-être même convaincre Tautavel de retirer sa plainte. Mais vous devez jouer franc-jeu avec moi !

Franck regarda Léo. Un instant, il hésita. Mais la peur fut la plus forte. Il ne croyait pas Castelli capable de dénouer l'affaire en un temps record. Les M-13, en revanche, dès qu'ils apprendraient qu'il avait demandé l'aide de la police, n'hésiteraient pas à frapper vite. Et ce n'est pas ce flic qui protégerait Blanche vingt-quatre heures sur vingt-quatre...

– Je vous ai tout dit, souffla-t-il. Je voudrais partir maintenant.

Une fois seul dans son bureau, Léo frappa du poing sur la table. Il était fermement décidé à y voir clair dans cet imbroglio.

Blanche, naturellement, fut heureuse de la libération de Franck. Mais celui-ci lui expliqua combien il n'approuvait pas le geste généreux d'Arnaud.

– Si Léo Castelli trouve la moindre preuve contre moi, il ne me loupera pas. Il sait très bien que je le mène en bateau et, comme tous les flics, il déteste ça. Je n'ai pas envie qu'Arnaud plonge avec moi.

– Sauf qu'il ne trouvera rien puisqu'il n'y a pas de témoin, le rassura Blanche.

– Et puis… Quand Tautavel va apprendre qu'on m'a remis en liberté grâce à un faux témoignage, je vais avoir du mal à le regarder en face. Ce pauvre type n'est pour rien dans cette histoire !

– Moi aussi, j'ai de la peine pour lui. Mais au bout du compte il ne s'en sort pas trop mal ! Je suis sûrement égoïste, mais je suis heureuse que tu n'ailles pas en prison.

Franck soupira. Peut-être que Blanche avait raison. Arnaud lui avait sauvé la mise et ce n'était pas le moment d'avoir des états d'âme – pas tant que le cauchemar continuait. Il parvint à se détendre un peu en regardant sa compagne mettre le couvert pour le dîner. Cette image provoqua chez lui un sentiment d'injustice. Au fond, tout ce qu'il désirait, c'était de vivre en paix. Une vie sans histoire auprès de la femme qu'il aimait et de leur enfant. La vie que des millions de gens menaient tout naturellement. Ce n'était quand même pas trop demander !

Le petit jingle annonçant un nouveau message sur son téléphone portable le tira de ses pensées. On lui envoyait un MMS, une vidéo dans laquelle on le voyait… en train d'agresser Tautavel, son couteau pointé sur la gorge du toubib ! Blanche, qui le regardait du coin de l'œil, remarqua qu'il s'était figé.

– Franck ? Qu'est-ce qui se passe ? demanda-t-elle avec inquiétude.

Il leva les yeux vers elle mais, avant qu'il ne puisse répondre, son téléphone sonna.

– Soit tu bosses pour nous, soit cette vidéo atterrit chez les flics, et tu vas en taule ! lança l'inconnu avant de raccrocher.

Franck regarda Blanche d'un air désespéré.

– Cette fois, je suis foutu, lâcha-t-il avec accablement.

Comme s'il avait su inconsciemment que, malgré son arrestation, il devrait quand même céder au chantage, Franck avait mémorisé le planning hebdomadaire de Castelli au cours de ses interrogatoires. Il envoya donc ces informations par e-mail, conformément aux instructions qu'on lui donna. Blanche s'inquiéta : cela signifiait-il que les maîtres chanteurs allaient s'en prendre à Léo ? Franck réussit à la rassurer : le gang n'avait aucune raison de s'attaquer à un officier de police ; il s'agissait certainement d'un coup beaucoup plus sophistiqué – à moins que, une fois de plus, ils n'aient voulu tester sa docilité. En attendant, plutôt que de rester assis à attendre le prochain appel, il décida d'aller revoir la seule personne qui le liait encore aux M-13 : Mario. Il était persuadé que le toxicomane devait savoir quelque chose. Aussi retourna-t-il à la cité pour tenter de convaincre son ancien pote de l'aider.

Léo Castelli avait obtenu de sa supérieure, la commissaire Véra Madigan, le feu vert pour effectuer des recherches approfondies sur les M-13, et notamment sur leur ancien chef, Patrice Cléry. Le dossier transmis par la police italienne à peine refermé, il se précipita dans le bureau de sa chef. Une fois de plus, son intuition lui envoyait un signal d'alarme. La commissaire devina au premier coup d'œil que le capitaine avait quelque chose d'important à lui annoncer. Elle le fit asseoir et le pria d'aller droit au but.

– Patrice Cléry était grillé à Marseille, commença Léo. Les stups étaient à deux doigts de le serrer. Il a donc fui en Italie. Là-bas, il s'est mis au vert pendant un moment, puis il a repris du service : braquages et trafic de drogue, dont cocaïne et héroïne.

– Charmant pedigree, commenta Madigan.

– Attendez, il y a mieux. Lors d'un casse qui a mal tourné, il a descendu un flic avant de prendre la fuite. Il a échappé à la chasse à l'homme de nos collègues italiens mais, quelques semaines plus tard, on a retrouvé son cadavre dans un hôtel miteux de Naples.

– Ses complices ont fait le ménage eux-mêmes, en déduisit la commissaire.

– Sauf qu'il y a un hic, sourit Léo. Le corps avait été passé à l'acide : il était impossible de l'identifier formellement. Même pas grâce aux dents.

– Comment les Italiens en ont conclu que c'était lui ?

– Papiers d'identité, affaires personnelles...

– Un peu léger, j'en conviens. Ils devaient être pressés de classer l'affaire. Et vous, qu'en pensez-vous ?

Castelli avait pour habitude de jouer franc-jeu avec Véra Madigan.

– Je crois que Patrice Cléry est vivant et qu'il a refait surface à Marseille, lâcha-t-il.

Mario se montra parfaitement insensible à la requête de Franck quand celui-ci vint lui rendre visite dans son deux-pièces délabré. Il évoqua leur ancienne amitié, lui rappela qu'à cette époque ils étaient comme des frères, mais le toxicomane rétorqua qu'il ne s'intéressait à lui que quand il s'agissait de préserver son petit confort. La preuve, souligna-t-il, depuis le temps qu'il était revenu à Marseille, il ne s'était pas précipité pour venir le voir !

– J'aurais pu crever cent fois dans mon trou, tu ne l'aurais jamais su, alors ne viens pas me faire le coup de l'amitié éternelle.

– Oui, j'ai coupé les ponts avec tous ceux de mon ancienne vie. Je veux juste élever ma petite famille sans avoir la trouille au ventre. Tu peux le comprendre, non ? plaida Franck.

– C'est ton problème, tu n'avais qu'à pas faire de môme !

– Je me tiens à carreau depuis vingt ans. Si quelqu'un a un compte à régler avec moi, c'est forcément un ancien du gang. Tu es ma seule piste.

– Sauf qu'il n'y a rien à pister : tu es parano, mon pote.

Franck considéra la loque qu'était devenu Mario. Il se rappela un instant l'état psychologique dans lequel lui-même se trouvait quand il était encore dépendant à l'héroïne. Effectivement, il faisait fausse route. Il n'avait aucune compassion à attendre d'un toxicomane : son univers mental ne connaissait aucun altruisme et aucun plaidoyer n'y changerait rien. Il devait changer de registre.

– Je suis prêt à payer tout ce que tu pourras me dire. Tu dois bien avoir besoin de fric pour tes doses, non ?

– Voilà ! Tu commences à parler un langage que je comprends !

– Combien ?

– À toi de voir. Mais je te préviens : si tu m'offres juste un pourboire, je ne te dirai rien !

« La bonne vieille méthode », soupira Franck : le premier qui annonce un chiffre a perdu. Mais, au moins, il avait marqué un point. Mario était disposé à lâcher quelque chose.

Une fois effective sa séparation d'avec Bob Grant, Maïdi Roth se trouvait face à un nouveau problème : la maquette de son prochain album n'était pas encore terminée, un gros travail de mixage restait à faire, mais elle n'avait plus les moyens de se payer les séances de studio nécessaires. Probablement sous la pression de Bob, la direction de son studio d'enregistrement avait refusé de lui accorder la moindre facilité pour achever son travail – et, sans maquette présentable, la chanteuse n'avait aucune chance de convaincre un professionnel de prendre le relais de son ancien producteur. Comme elle le confia à Johanna et à Arnaud, venus l'attendre dans le hall du *Select*, elle avait un sentiment de gâchis d'autant plus désolant qu'il ne lui fallait plus grand-chose pour boucler l'affaire : avec les compétences de l'ingénieur du son, un home-studio suffirait pour boucler la maquette. Il suffisait d'une structure légère – un ordinateur, un micro, des enceintes –, de niveau professionnel, certes, mais assez répandue chez les bidouilleurs de son. Encore fallait-il en connaître, se désola la chanteuse, qui ne savait où chercher à Marseille.

– Eh bien, ici même, au *Select*, déclara Johanna le plus naturellement du monde.

Comme Maïdi et Arnaud la regardaient sans comprendre, la jeune fille les abandonna un court instant et monta à l'étage voir Rudy, son ancien petit ami et le petit-fils de la patronne de l'hôtel, avec qui elle entretenait encore une relation complice. Le jeune homme, qui poursuivait des études de médecine, était aussi DJ en amateur et avait aménagé sa chambre en conséquence. La pièce était donc insonorisée, et il possédait probablement tout le matériel qui manquait à la chanteuse. Quand Johanna lui exposa la situation, il accepta immédiatement d'apporter sa petite contribution à l'album – ce qui ne manquait pas de le flatter, sans compter qu'abandonner provisoirement sa chambre lui donnait un excellent prétexte pour aller s'installer chez sa copine Estelle.

Grâce aux deux jeunes gens, Maïdi et Arnaud purent donc reprendre quelques heures plus tard la confection de leur maquette. Pour être honnête, l'adolescente dut faire de gros efforts pour ne pas parader dans tout le Mistral tant elle se sentait heureuse. Non seulement elle avait gagné l'estime d'une artiste qu'elle admirait, mais le regard que son petit ami portait sur elle venait aussi de changer : en dénouant une situation aussi complexe en un claquement de doigts, elle avait fait naître chez lui une grande fierté. Et ce sentiment la fit se sentir forte.

Si Johanna avait réussi à sortir Maïdi de l'impasse, elle ne l'en débarrassa pas pour autant de Bob Grant. En dépit de l'avertissement du capitaine Castelli, le producteur se présenta au *Select* et intercepta l'artiste tandis que Mirta s'affairait à la réception. Fidèle à lui-même, Bob fit une délicieuse entrée en matière.

– Ça me les coupe que tu préfères bosser dans ce bouge plutôt qu'au studio d'enregistrement que je te paie !

– Je suis très bien ici. Et tu ne me paies rien : c'est plutôt le contraire, désormais, rectifia Maïdi.

– Reviens avec moi et je te refile ton chèque illico !

– Je ne veux plus jamais avoir affaire à toi, Bob. Maintenant, excuse-moi, mais j'ai du travail.

Ce mot exaspéra le producteur.

– Arrête tes conneries ! Comment tu peux travailler ici ? Tu n'en as pas marre d'entendre les putes gueuler dans les chambres d'à côté ?

C'en fut trop pour Mirta, qui quitta son comptoir pour venir se planter devant le malotru.

– Dites donc, ça commence à bien faire, vos manières de soudard ! Mon hôtel est un établissement respectable !

Bob regarda la patronne du *Select* avec autant d'intérêt que si on lui avait désigné une serpillière.

– On ne t'a pas causé, la vieille, cracha-t-il.

– Je ne vous permets pas ! Vous allez sortir de chez moi immédiatement ! cria Mirta avec des envies de meurtre dans le regard.

– Oh ! Calmos ! Ce n'est pas une tapineuse sur le retour qui va me dire ce que je dois faire ! répliqua l'autre.

Mirta devint écarlate. Maïdi jugea alors qu'il était plus que temps de couper court.

– Sors d'ici, Bob, avant que j'appelle les flics et que je porte plainte pour harcèlement.

Grant battit en retraite : vu les liens que le capitaine Castelli entretenait avec les habitants du Mistral, il savait qu'il aurait droit à un traitement de faveur s'il refaisait parler de lui.

– Ça va, ça va, pas la peine d'en rajouter !

Il se dirigea tranquillement vers la sortie en détaillant le hall du *Select* comme s'il le voyait pour la première fois.

– C'est vraiment un plan miteux ici, lâcha-t-il avec dégoût avant de quitter l'hôtel.

Maïdi serra le bras de Mirta pour la retenir. La patronne bouillait.

– Bon débarras ! Si jamais sa sale tête revient, c'est bien simple, j'appelle Léo ! prévint-elle.

Étonnamment, la chanteuse souhaita presque que Bob revienne afin de donner au policier un motif pour intervenir et l'arrêter. Car cet homme ne lui apparaissait plus seulement comme un emmerdeur brutal et vulgaire. Désormais, sans qu'elle sache vraiment pourquoi, il lui faisait peur. Vraiment peur.

Après sa petite visite au *Select Hôtel*, Bob Grant arriva au volant de sa grosse voiture dans une friche industrielle de banlieue et retrouva là... Mario, le toxicomane. Celui-ci l'attendait à côté d'une benne à ordures.

– Tu as le chic pour filer des rancards dans des endroits classe ! soupira le producteur.

– Je suis de la zone, moi ! La prochaine fois, on se rencontrera à la plus belle terrasse du cours Julien, histoire que tout le monde nous remarque, s'amusa Mario.

– Ne fais pas le malin et dis-moi plutôt pour quelle raison tu m'as fait traverser tout Marseille à l'heure de pointe. Je ne supporte pas les bouchons.

Le ton sec de Bob eut pour effet de rendre l'autre tout penaud.

– Je suis désolé, mais il fallait vraiment que je te parle.

– Alors accouche, merde !

– C'est au sujet de Franck Ruiz.

Ce nom assombrit immédiatement le visage de Bob.

– Qu'est-ce qu'il a ?

– Il fouine. Il pose des questions sur les M-13, surtout sur Patrice Cléry. Il n'a pas l'air de croire qu'il soit vraiment mort. Et devine quoi ? Il est même prêt à me filer du fric pour en savoir plus !

– Et alors ?

– Tu me connais, je ne suis pas une balance, mais...

Mario laissa sa phrase en suspens, guettant la réaction de son interlocuteur. Celui-ci le fixait sans ciller.

– Mais... ? finit-il par dire d'un ton neutre.

– Mais j'ai besoin de thunes. Alors il faut que tu fasses un petit effort.

– Ou sinon... ?

– Sinon, je dis à Franck Ruiz que Patrice Cléry, c'est toi !

# Sabotage réussi 6

Quand Franck repassa chez Mario pour lui proposer trois mille euros en échange de ses informations, il eut la surprise d'apprendre que l'autre n'était plus vendeur. Pourtant, il ne pouvait se permettre de refuser de l'argent. Malgré les dénégations absurdes du toxicomane, Franck en déduisit donc que quelqu'un avait payé une somme supérieure pour acheter son silence. Il secoua un peu brutalement son ancien ami, alternant les menaces et les supplications, mais rien n'y fit. Mario, en plein trip, était complètement indifférent au monde qui l'entourait.

– Tu es vraiment une pourriture ! lança Franck avant de l'abandonner à ses délires.

– Je n'ai pas changé, approuva Mario, les yeux dans le vague.

De retour au Mistral, l'électricien s'arrêta un moment au bar de Roland. Il enrageait de n'avoir rien pu tirer du toxicomane. Pourtant, son refus de parler prouvait une chose : celui qui menaçait Franck et celui qui avait donné de l'argent à Mario pour le faire taire formaient bien une seule et même personne. Mais qui ? Après avoir écouté patiemment, le patron du *Mistral* prit quelques minutes pour aller voir son ami Léo et lui proposer un marché : il lui donnait des informations sur les M-13 et, en retour, le policier recueillait ces éléments sans poser de questions. Castelli accepta, content d'avoir vu juste : il se tramait bien quelque chose entre Franck et Roland ! Ainsi, ce dernier lui apprit l'existence de Mario Marini, ses anciens liens avec le gang et la volte-face à laquelle il s'était livré. Léo imagina tout de suite une hypothèse : Patrice Cléry était revenu à Marseille, Marini l'avait reconnu et le faisait chanter, faisant monter les enchères avec Franck... Oui, ça tenait la route.

Après le départ de Roland, le policier fit le point avec la commissaire Madigan, qui donna son feu vert pour suivre cette piste et appela le procureur pour lui demander l'autorisation de perquisitionner au domicile de Mario Marini. Quelques heures plus tard, celui-ci était amené au commissariat après que les policiers eurent découvert chez lui trois grammes d'héroïne – et surtout sept mille euros en liquide.

Malgré son état de délabrement physique et mental, l'homme résista bien à l'interrogatoire. Il soutint sans faillir que l'argent représentait toutes ses économies, des années de petits boulots au noir, à droite et à gauche. Il crut vaciller quand Castelli évoqua ses antécédents chez les M-13 puis prononça le nom de Patrice Cléry, mais il ne cracha pas le morceau. À l'issue des quarante-huit heures de garde à vue, on fut donc obligé de le relâcher. Mais l'argent avait été gardé au commissariat comme pièce à conviction, et Mario, en proie à une crise de manque, n'allait pas tarder à commettre un faux pas, calcula le policier. En accord avec la commissaire, il entreprit donc toutes les démarches pour le mettre sur écoute.

À peine libéré de sa garde à vue, le toxicomane téléphona à Bob Grant et exigea de le voir immédiatement. Quand les deux hommes se firent face, il ne cacha pas son inquiétude.

– Ce flic m'a dans le collimateur, il ne va plus me lâcher. Il faut que je me tire de Marseille. J'ai une cousine à Villeurbanne, je vais partir là-bas pendant quelque temps.

– Tu flippes pour rien, assura l'autre, mais si tu préfères quitter le décor, c'est à toi de voir.

– Mais il faut que tu m'aides : je n'ai plus une thune, les keufs m'ont tout piqué pendant la perquis'.

Bob ne put réprimer un rictus.

– Tu t'es fait tirer tout le fric que je venais de te donner ? Mais c'est ton problème, mec ! Moi, j'ai été réglo : on a passé un deal, j'ai casqué, je ne te dois plus rien !

– Je te préviens : si je tombe, je ne tomberai pas seul ! s'emballa Mario, de plus en plus nerveux.

Pour toute réponse, Bob le fixa d'un regard glacial. Le toxico fut pris de tremblements et entreprit de se justifier en balbutiant, la peur au ventre.

– Je... Je ne voulais pas te menacer. C'est juste que... je ne suis vraiment pas bien, tu vois. Je ne m'en sortirai jamais tout seul.

Bob continua à le fixer encore un long moment, les traits figés, pour saper ses dernières défenses. Il le voulait totalement à sa merci.

– C'est bon, finit-il par dire. Je n'ai jamais laissé tomber un frère, pas vrai ? Allez, réponds !

– Oh non, jamais ! Tu es un seigneur, mec, je l'ai toujours dit ! glapit Mario.

– Bien ! Alors va préparer tes affaires. Demain, je t'attendrai à trois heures derrière le terrain de foot. Je te donnerai ton billet de train et un peu de maille.

– Merci, Bob. Et après, tu n'entendras plus parler de moi, je te le jure !

– J'en suis sûr : je te fais confiance !

Il sortit de sa poche un sachet de poudre blanche qu'il tendit à Mario.

– Tiens, mon frère, pour te dépanner !

L'autre s'empara de la drogue comme d'une bouée de sauvetage. Deux minutes plus tard, il courait jusque chez lui pour donner à manger à ses veines…

Tôt le lendemain matin, le téléphone sonna chez Blanche. Franck décrocha : c'était Léo Castelli. Il écouta ce que le policier avait à lui dire, puis revint s'asseoir d'un air sombre auprès de sa compagne.

– Mario est mort d'overdose, annonça-t-il. On l'a tué.

– Comment ça, « on l'a tué » ? Dans l'état dans lequel il était, une overdose, ça devait arriver un jour ou l'autre, non ?

– Il savait gérer la drogue. Tu sais, dans le milieu, quand on veut se débarrasser d'un toxico, on lui offre son dernier shoot : une dose trop pure, ou bien pourrie. On sait très bien que la police classera l'affaire en accident.

– Mais… qui aurait pu faire ça à Mario ?

– La même personne qui en a après moi. Peut-être que Mario s'est montré trop gourmand ? Tu sais, ce type était une loque, mais je me sens en partie responsable de sa mort. Ça me rend malade, et le pire, c'est que je t'entraîne dans cet enfer !

Franck arpentait le salon avec des gestes agités, comme s'il cherchait à avoir une prise sur des événements qui lui échappaient.

– Si j'avais su que les choses tourneraient aussi mal, je serais parti avant que ça devienne sérieux entre nous, ajouta-t-il amèrement.

– Arrête ! Tu dis n'importe quoi ! protesta Blanche.

Elle regretta d'avoir haussé la voix quand elle lut dans le regard humide de Franck une détresse qu'elle n'avait encore jamais vue.

– Je ne sais plus où j'en suis, soupira-t-il.

Elle vint vers lui et l'enlaça. Elle chercha les mots justes pour le réconforter.

– Il faut tenir, vivre au jour le jour, et se dire que ce cauchemar ne durera pas toute la vie, insista-t-elle.

– Pour moi, il dure depuis vingt ans. Je pensais avoir traversé le pire...

– Tu l'as fait. Aujourd'hui, je suis là, et notre bébé aussi. Alors, si tu as tenu vingt ans tout seul, on tiendra bien soixante ans à nous trois ! lança Blanche sur un ton plus léger.

La boutade fit sourire son compagnon. Ils s'embrassèrent. La crise était passée, Franck se détendait un peu, retrouvait une respiration normale. Mais son portable sonna – et les battements de son cœur s'accélérèrent de nouveau. Il décrocha.

Blanche pria pour qu'il s'agisse d'un nouvel appel de Léo. Mais ce n'était pas le cas. Franck raccrocha sans avoir prononcé un seul mot. Il leva les yeux vers elle d'un air ahuri.

– Ils me donnent une autre mission, annonça-t-il. Je dois détruire tous les enregistrements de Maïdi Roth.

– Quoi ? Mais... qu'est-ce qu'elle vient faire dans cette histoire ? s'étonna Blanche.

– Je n'en ai pas la moindre idée, soupira Franck.

Le lendemain matin, l'électricien tenta discrètement d'interroger Johanna. La jeune fille venait prendre son petit-déjeuner avec sa mère avant d'aller chercher les résultats du bac. Plutôt optimiste, elle se montra assez aimable avec le compagnon de Blanche. Elle lui raconta dans le détail le conflit qui opposait Maïdi Roth et Bob Grant, et lui apprit aussi qu'Arnaud venait juste de finaliser la maquette dans le home-studio du *Select Hôtel*. Blanche, pendant ce temps, laissa libre cours à son impatience et, nerveuse, fit promettre à sa fille de la contacter dès qu'elle aurait eu connaissance de ses résultats à l'examen.

Johanna rassura sa mère et prit le chemin du lycée, pressée d'en avoir le cœur net.

Franck décida pour sa part de rendre une petite visite à ce Bob Grant. D'après ce qu'avait dit l'adolescente, il avait de bonnes raisons de vouloir détruire la maquette de Maïdi Roth, ce qui faisait de lui un commanditaire possible. Surtout, Johanna avait décrit le producteur comme « un type arrogant, autoritaire et brutal » – de là à reconnaître Patrice Cléry dans ce portrait, il n'y avait qu'un pas que Franck avait très envie de franchir. Blanche le supplia de ne pas s'emballer : il s'était déjà trompé au sujet du docteur Tautavel, voulait-il recommencer avec un autre ? Du bout des lèvres, il jura de prévenir Castelli s'il reconnaissait l'ancien chef des M-13. Même si, au fond de lui, il n'était pas du tout certain de vouloir tenir une telle promesse.

Arnaud attendait Johanna à la sortie du lycée. Elle arborait un air contrarié.

– Verdict ? demanda-t-il gravement.

– 9,45 : je suis bonne pour l'oral demain et après-demain, maugréa l'adolescente.

– À un demi-point près ! Tu vas l'avoir, ton bac, j'en suis sûr ! la consola Arnaud.

– Oui, je suis confiante : d'habitude, à l'oral, j'assure. Ce qui me soûle, c'est que la plupart de mes copines vont faire la fête ce soir !

Le jeune homme songea en souriant que, si c'était là la principale déception de Johanna, il n'y avait en effet pas trop lieu de s'inquiéter.

– Et pour ton inscription à la fac ? C'est grave si tu n'as pas ton bac du premier coup ? demanda-t-il.

– Non, pas du tout. À ce propos, je voulais te parler d'un truc, répondit la jeune fille, soudain hésitante.

Elle prit une grande respiration.

– Je me suis préinscrite en psychosociologie à Aix, commença-t-elle, mais comme je ne suis pas vraiment fixée, je me dis qu'il est peut-être encore temps de changer…

– Et… pour faire quoi ?

– Langues étrangères appliquées. Je pourrais très bien faire ça à Aix, mais… il reste des places à la fac de Créteil et de Nanterre.

Tout à coup, le garçon comprit où Johanna voulait en venir.

– Donc, tu souhaiterais faire tes études à Paris, c'est ça ?

– Ça dépend… Tu en penses quoi, toi ?

Pour le plaisir de sentir sa petite amie suspendue à ses lèvres, Arnaud fit semblant de réfléchir quelques instants.

– Je pense que mes quarante-sept mètres carrés à Montmartre seront parfaits pour deux amoureux, finit-il par dire.

– Tu es sérieux ?

– Bon, il faudra quand même que je range un peu mon bordel et que je jette mes calendriers de Clara Morgane, ajouta-t-il en rigolant.

Johanna exultait. Elle sauta au cou du jeune homme et entreprit de le couvrir de petits baisers.

– Et ta mère ? Elle est d'accord ? voulut savoir Arnaud.

La jeune fille toussota, penaude.

– Elle n'est pas encore au courant. J'attends d'être sûre d'avoir mon bac : ce sera plus facile pour négocier. Si on habite ensemble, ça va diviser les frais, et ça, c'est un vrai argument : elle est tout le temps fauchée !

– Ne t'inquiète pas pour ça. J'ai de la chance, je n'ai pas un loyer trop important. Et avec le disque de Maïdi, le fric…

Arnaud fit un geste pour signifier que ce ne serait plus un problème. Johanna lui prit la main. Même si elle n'avait pas obtenu son bac du premier coup, elle avait très envie de danser !

Franck s'était procuré l'adresse des bureaux de Bob Grant auprès de Maïdi Roth. Son cœur s'accéléra au fur et à mesure qu'il approchait de la confrontation. Si ce type était bien Patrice Cléry, comment réagirait-il en le voyant faire irruption sur son terrain ? Lui-même n'avait pas une idée très claire de la stratégie à suivre, partagé entre ses pulsions violentes et la promesse faite à Blanche. « Les événements décideront », se dit-il finalement en pénétrant dans l'immeuble cossu.

Une secrétaire, recrutée de toute évidence selon des critères qui tenaient davantage du calendrier de charme que des diplômes, leva les yeux de l'ordinateur sur lequel elle faisait du shopping. L'électricien demanda à voir le grand chef en déclinant sa fausse identité, Vecchio. La jeune femme décrocha son téléphone et annonça la requête. Puis elle se leva : M. Grant acceptait de le recevoir, s'il voulait bien la suivre... Il emboîta le pas de l'assistante, parfaitement moulée dans sa minijupe, en retenant sa respiration. La porte du bureau du patron était ouverte. En entrant, Franck serra les poings. La silhouette qui lui tournait le dos, contemplant l'extérieur par la fenêtre, lui était familière.

– Merci, Tatiana, dit Bob Grant en se retournant.

En un instant, Franck comprit qu'il n'avait jamais vu cet homme. Pour masquer sa déception et se donner une contenance, il suivit des yeux la jolie Tatiana qui quittait la pièce.

– Belle carrosserie, hein ? commenta le producteur.

Il s'approcha de son visiteur et lui tendit la main.

– Je suis Bob Grant, annonça-t-il.

– Franck Vecchio.

Un examen rapide de ses traits confirmait la première impression. Ce lascar ne ressemblait pas du tout à Patrice Cléry.

– Que puis-je pour vous, M. Vecchio ? demanda-t-il en souriant.

Franck s'apprêta à débiter le petit discours qu'il avait préparé, au cas où. Il était conscient de sa faiblesse, mais il n'avait pas trouvé mieux.

– Je suis électricien. J'ai pensé que vous pourriez avoir besoin de mes services.

– C'est rare, un électricien qui démarche directement les entreprises !

– Je m'occupe aussi de l'isolation sonore et thermique. Et d'autres petits travaux : peinture, moquette, étagères...

– Écoutez, pour le moment, je n'ai besoin de rien, mais laissez-moi vos coordonnées.

Franck tendit au producteur une carte de visite. Bob y jeta un coup d'œil.

– Très bien. Merci, M. Vecchio.

Il l'invita à se diriger vers la sortie, montrant que l'entretien était terminé.

– Dites-moi, comment avez-vous atterri dans mes bureaux ? demanda-t-il en s'arrêtant devant la porte.

– Je travaille sur un chantier pas loin d'ici, improvisa Franck, alors je démarche toutes les boîtes du coin.

– Vraiment ? Ça ne doit pas marcher fort pour vous, en ce moment, si ?

L'électricien crut déceler une pointe d'ironie dans la question.

– On fait face, répondit-il en fixant le producteur.

– Faut pas se laisser abattre, hein ? Alors, au plaisir !

Les deux hommes se serrèrent la main. Franck tenta un dernier coup.

– C'est bizarre, j'ai l'impression qu'on s'est déjà rencontrés. Pas vous ? lança-t-il.

Mais Bob secoua la tête le plus naturellement du monde.

– Je suis sûr que non. J'ai une super mémoire, vous savez !

Son sourire exagéré devint soudain insupportable. Franck sortit de l'immeuble presque en courant, pressé de mettre de l'ordre dans ses pensées.

Rentré chez Blanche, il lui raconta son entrevue et lui fit part des doutes qui l'assaillaient. Cet homme n'était pas Patrice Cléry, mais il pouvait l'être quand même... Sa corpulence concordait, sa voix lui était étrangement familière, mais son visage ne correspondait pas. Ne pouvait-on envisager qu'il ait eu recours à la chirurgie esthétique ? Soudain, le téléphone sonna. Perdu dans ses conjectures, Franck décrocha machinalement.

– La curiosité est un vilain défaut, Ruiz, dit la voix de l'inconnu. Alors, à ton avis, Bob Grant, c'est Patrice Cléry ou pas ?

Franck avait activé le haut-parleur dès les premiers mots pour que Blanche entende.

– Espèce de salaud, vous m'avez suivi !

Mais la voix l'interrompit, autoritaire.

– Je sais tout de toi, oui ! Alors tu vas arrêter de jouer les détectives. Tu as plutôt intérêt à faire ce qu'on t'a demandé, et sans traîner !

– Sinon quoi ? Vous allez me briser les jambes ?

– Non, Franck. Sinon, demain, la femme assise à côté de toi prendra deux balles dans la tête.

On raccrocha. Le plus effrayant dans cette menace, c'était le ton très calme avec lequel elle avait été proférée. Blanche était livide. Franck la serra dans ses bras.

– Va voir Léo Castelli et raconte-lui tout, je t'en supplie. Il faut que ce cauchemar s'arrête, parvint-elle à articuler.

– Mais que veux-tu que je lui dise ?

– Qu'il y a de fortes chances pour que Patrice Cléry ne soit pas mort et qu'il se cache probablement sous l'identité de ce Bob Grant. En se vengeant de toi, il se venge aussi de Maïdi Roth : c'est crédible !

– Sauf que je n'ai pas de preuve, objecta Franck. Il ne pourrait rien faire dans l'immédiat.

– Mais c'est toujours mieux que d'aller faire ce qu'on t'a demandé ! Détruire le travail de Maïdi Roth… Tu imagines ce que ça représente pour elle ?

Franck regarda sa compagne avec un mélange de détermination et d'infinie tristesse.

– On me demande de détruire des fichiers informatiques. Ça ne vaut pas une vie humaine. Et c'est ta vie qui est en danger… Je ne peux pas hésiter.

Blanche secoua la tête, comme s'il ne s'agissait pas d'un bon argument.

– Et après ? Si on te demande de choisir entre ma vie et celle d'un autre, tu feras quoi ? Tu iras descendre quelqu'un pour me protéger ?

Franck botta en touche.

– Si Bob Grant est bien Patrice Cléry, après ça, il ne me demandera plus rien.

– Et si ce n'est pas lui ?

L'autre ne sut quoi répondre. Il se leva, prit sa veste puis sortit de l'appartement, laissant Blanche plus désemparée que jamais.

Deux heures plus tard, après s'être assuré que Maïdi et Arnaud étaient sortis, Franck pénétra silencieusement dans le hall du *Select*, désert à ce moment-ci de la journée, et gravit l'escalier à pas de loup. Il n'eut aucun mal à crocheter la porte de Rudy. Une fois dans la chambre, il sortit de sa sacoche une bouteille d'acide chlorhydrique. Il ouvrit l'ordinateur de la chanteuse et, après une dernière hésitation, versa à l'intérieur une partie de la fiole. Des crépitements se firent entendre, les circuits brûlèrent instantanément. Puis il s'empara du disque dur externe et de toutes les bandes DAT qu'il trouva et les détruisit rapidement.

L'opération ne dura pas plus de deux minutes, mais Franck se sentait épuisé, comme s'il venait de passer des heures au fond d'une mine. Il s'apprêtait à repartir quand il avisa un carnet. Il l'ouvrit. Le cahier contenait toutes les notes de Maïdi Roth. Il le mit dans sa sacoche puis ouvrit la porte en silence et, après avoir vérifié que la voie était libre, quitta le *Select* aussi discrètement qu'il était entré.

Dès que la chanteuse découvrit le désastre, elle téléphona à Arnaud, désespérée, pour qu'il vienne immédiatement vérifier si quelque chose pouvait être sauvé. Malheureusement, l'ingénieur du son confirma que la maquette était définitivement perdue. Toutes les sauvegardes avaient été détruites. Celui qui avait commis cet acte savait très bien ce qu'il faisait. Il ne s'agissait pas d'une petite malveillance ou d'un avertissement sans frais, mais d'une volonté presque scientifique d'anéantir l'avenir immédiat de Maïdi. Et, pour la jeune femme, une seule personne pouvait concentrer autant de brutalité et de hargne vengeresse...

Quand Bob Grant vit entrer Léo Castelli dans son bureau, il eut un sursaut d'étonnement. Qu'est-ce que cet emmerdeur de flic lui voulait encore ?

– J'ai quelques questions à vous poser à propos de la destruction des enregistrements de Maïdi Roth, commença Léo.

Le producteur haussa les sourcils.

– C'est quoi, ces conneries ?

– Mlle Roth a porté plainte, et il y a de forts soupçons contre vous.

– Erreur ! Il ne peut rien y avoir contre moi, parce que je n'ai rien fait et que je ne suis pas au courant ! Maintenant, laissez-moi : j'ai du travail.

– Vous avez menacé Mlle Roth de représailles si elle persistait à refuser de travailler avec vous.

Blanche (Cécilia Hornus) retrouve l'amour dans les bras de Franck Vecchio (Jean-Charles Chabachganian).

Johanna (Dounia Coesens) et Arnaud (Zuriel de Peslouan), deux amoureux radieux.

Le docteur Tautavel (Franck Gourlat), victime innocente d'une sombre machination.

Une vedette au Mistral : Maïdi Roth.

Bob Grant (Christian Julien), le producteur de la chanteuse.

Pour travailler sereinement, Maïdi et Arnaud s'installent dans la chambre de Rudy.

Entre Roland Marci
(Michel Cordes)
et Léo Castelli
(Pierre Martot),
la jeune femme
se sent en sécurité.

Franck va enfin confesser
cette faute passée
qui le torture tant.

Véra Madigan (Cécile Auclert), la nouvelle supérieure du capitaine Castelli.

Florian Estève (Franck Borde), juge d'instruction.

Blanche,
séquestrée par
un ravisseur
muet...

– C'est ce qu'elle vous a dit ? Quelle mythomane, cette fille ! Vous voulez la vérité ? Ses titres étaient tellement pourris qu'elle a préféré tout foutre en l'air elle-même ! Et maintenant, elle me refile le bébé pour pouvoir se faire des thunes sur mon dos !

– Tiens, je n'avais pas pensé à ça, ironisa Léo. Bien. Vous allez me suivre au commissariat, s'il vous plaît : on finira ce petit entretien là-bas.

– Je n'ai pas à vous suivre ! Je n'ai rien fait ! Putain, vous commencez à me les briser menu !

Castelli soupira.

– M. Grant, il y a deux solutions : soit vous me suivez gentiment, soit je vous passe les menottes et, pour commencer, je vous colle un outrage à agent.

L'autre le regarda d'un œil mauvais. La haine du flic dégoulinait de son visage.

– D'accord, je viens. Mais vous allez me le payer cher. Très cher.

# L'escalade 7

Comme Léo Castelli le pensait, Bob Grant avait un alibi en béton : il avait passé toute la matinée dans les studios de la télévision régionale pour enregistrer une émission, quinze personnes pouvaient en témoigner. De toute manière, le producteur, s'il était bien à l'origine du sabotage du travail de Maïdi Roth, avait forcément délégué le sale boulot à un complice. On l'avait cuisiné un bon moment, mais il ne s'était pas démonté et, après avoir vérifié son alibi, il avait bien fallu le laisser quitter le commissariat. C'est ce que le policier était en train d'expliquer dans le hall du *Select* à la chanteuse flanquée d'Arnaud et de Johanna. Naturellement, tous les trois étaient scandalisés.

– C'est impossible que Bob ne soit pas responsable de la destruction de mes maquettes, gémit Maïdi. Il n'y a qu'avec ce type que j'ai des problèmes ! Il a le mobile parfait !

– Je n'ai pas dit qu'il n'était pas responsable, corrigea Léo. Seulement qu'il n'avait pas fait le coup lui-même.

Mais Johanna ne comptait pas s'embarrasser de ces subtilités. Elle bouillait sur place. Comment les flics pouvaient-ils rester les bras croisés à attendre ?

– Vous ne pouvez rien faire contre ce mec, vraiment rien ? demanda-t-elle avec agressivité.

Léo soupira, marquant son impuissance.

– Pas de témoins, pas de traces suspectes dans la chambre de Rudy : je n'ai aucun élément pour démarrer l'enquête.

– C'est vraiment nul ! Et les menaces qu'il a faites à Maïdi ? Vous ne pouvez pas l'arrêter pour ça ? insista l'adolescente.

– Tant qu'il n'y a pas de brutalité physique, il ne risque rien.

– C'est débile !

– C'est la loi, Johanna.

– Donc, résuma Arnaud, si je comprends bien, il faudrait qu'il frappe Maïdi ? C'est dingue !

– Si Bob Grant commettait la moindre violence physique, il serait cuit, en effet, confirma le capitaine.

Johanna esquissa un sourire. La loi était peut-être idiote mais, à bien y réfléchir, il suffisait de savoir l'utiliser. En se dépêchant, elle avait juste le temps de faire un petit détour avant son oral de rattrapage...

Bob Grant se concentrait sur son ordinateur quand Johanna, ouvrant la porte à la volée, entra dans son bureau comme une tornade, Tatiana sur ses talons.

– Je n'ai pas pu la retenir, s'excusa la secrétaire.

– C'est bon, je vais recevoir cette demoiselle, répondit le producteur d'une voix magnanime.

À peine la porte refermée, il prit un ton nettement plus sec.

– Tu viens m'apporter un message de Maïdi, c'est ça ?

– Mon message à moi, c'est celui-ci : vous êtes un bel enfoiré !

– Bien, tu as balancé ce que tu avais à dire. Maintenant, tu retournes à la crèche. Je n'ai pas que ça à foutre !

Johanna, loin de se soumettre, s'approcha du bureau de Bob. Elle devait en rajouter, faire monter la colère.

– On sait très bien que c'est vous qui avez détruit les maquettes ! Vous vous en tirez bien pour le moment, mais ça ne va pas durer !

– C'est vrai ? Je suis mort de trouille, dis donc. Allez, maintenant, tu sors d'ici : tu me gaves !

Il se leva de son fauteuil et vint vers la jeune fille pour la faire sortir avec fermeté. Il l'attrapa par le bras mais elle se dégagea brusquement. Bob Grant n'était pas encore à point, Johanna le sentait. Il était énervé, mais pas au point de perdre son self-control. Elle devait pousser le bouchon encore un peu plus loin.

– Vous êtes une grosse merde dans un costume de soie ! Vous n'avez aucun talent pour la musique, aucune oreille ! Le nase absolu ! hurla-t-elle.

Elle repoussa le producteur, provocante. L'autre était à deux doigts d'exploser, mais il se retenait encore.

– Dégage, petite conne, ou j'appelle la sécurité !

– La sécurité ? Tu veux parler de ta pétasse en talons aiguilles ?

Bob Grant en eut soudain assez et souleva légèrement la jeune fille, bien décidé à la vider *manu militari* dans le couloir. Johanna le regarda droit dans les yeux et adopta l'expression la plus insolente possible.

– Tu as envie de m'en coller une, hein ? Je suis sûre que ça t'excite de frapper les femmes !

L'autre la fixa un moment sans rien dire, puis sourit de toutes ses dents.

– Tu n'attends que ça, pour aller porter plainte chez les flics, répliqua-t-il calmement. Tu me prends pour un débutant ?

La réponse déstabilisa Johanna – et Bob mit à profit ce relâchement pour la pousser dehors. Dans le mouvement, elle fit tomber son sac et toutes ses affaires se répandirent sur le sol. Elle se baissa pour les ramasser, en rage.

– Je reviendrai vous pourrir la vie. Je mettrai des merdes de chien dans votre boîte aux lettres, je ferai des scandales au pied de votre immeuble ! lança-t-elle dans un dernier baroud d'honneur.

– Oui, et transmets aussi mes amitiés à Maïdi, s'amusa l'autre.

Johanna avait perdu la partie. Humiliée, elle tourna les talons – non sans avoir adressé un élégant doigt d'honneur au producteur. Celui-ci referma la porte de son bureau. Il vit alors une feuille de papier sur la moquette. Intrigué, il la ramassa : il s'agissait d'une convocation à l'oral du bac. « Mercredi 4 juillet, 14 h 15, salle 207, etc. » Dans une heure, donc... Bob Grant marqua un temps d'arrêt : une idée amusante venait de lui traverser l'esprit. La « petite pisseuse » allait comprendre qu'on n'ennuie pas Bob Grant impunément... Il décrocha son téléphone.

– Steevy ? J'ai un boulot pour toi. Ça va te faire marrer, j'en suis sûr. Tu peux venir tout de suite ?

Johanna, toujours énervée, avait à peine parcouru quelques centaines de mètres qu'un inconnu jailli de nulle part lui saisit violemment le bras par-derrière.

– Lâchez-moi ! cria-t-elle.

Mais, sentant un objet pointu contre son dos, elle se tut, pétrifiée.

– Ferme ta gueule, sinon je te plante, dit une voix derrière elle.

– Que... Qu'est-ce que vous voulez ? Je n'ai pas d'argent !

– Qui t'a parlé de thunes ? Tu viens avec moi, et en silence, sinon couic ! C'est clair ?

C'était très clair, oui. Johanna était paralysée. L'inconnu l'entraîna vers une voiture, ouvrit la porte arrière et la poussa à l'intérieur. Elle put alors apercevoir son visage.

– Je vous en supplie, pleura-t-elle. Ne me faites pas de mal…

– Je ne te ferai rien tant que tu la fermeras. Mais si tu cries, je te ferai une belle estafilade sur ta jolie petite gueule, histoire que tu ne m'oublies jamais ! Maintenant, allonge-toi sur la banquette !

La jeune fille obéit sans broncher. Elle sentit que l'autre lui enroulait les mains dans du ruban adhésif, pour l'immobiliser.

– On va juste faire une petite balade. Tu n'as pas envie de te promener avec moi ? J'ai de la conversation, tu sais !

Dans sa panique, Johanna retint confusément deux hypothèses. S'agissait-il d'un kidnapping – mais qui souhaiterait racketter sa mère, une simple institutrice ? Ou alors… À l'idée qu'elle allait peut-être être victime d'un crime sexuel, son cœur s'arrêta de battre.

Quand Arnaud vint prévenir Blanche et Franck que l'adolescente ne s'était pas présentée à son oral, tous s'inquiétèrent immédiatement. Avait-elle eu peur, au dernier moment, d'affronter l'ultime épreuve ? L'hypothèse était peu plausible, car elle avait révisé sans interruption pendant deux jours et paraissait au contraire pressée d'en finir. Dans un état proche de la panique, Blanche et Arnaud entreprirent de téléphoner aux commissariats et aux hôpitaux. Franck, quant à lui, tournait comme un lion en cage, persuadé que l'incident avait un rapport avec les M-13. Soudain, la porte s'ouvrit. Johanna, décomposée, entra en silence dans l'appartement.

– Ma chérie, que s'est-il passé ? demanda Blanche. Nous étions fous d'inquiétude !

La jeune fille se réfugia dans les bras de sa mère et éclata en sanglots. Un peu plus tard, elle raconta tout : son idée

« idiote », reconnut-elle, d'aller provoquer Bob Grant, la manière dont l'inconnu l'avait abordée, le couteau qui la menaçait, la voiture dans laquelle elle avait été poussée, et cet invraisemblable dénouement...

– On a roulé longtemps. On est sortis de Marseille et on a tourné dans les environs. De temps en temps, le type disait un truc du genre « il fait beau aujourd'hui », ou alors il commentait ce qu'il se disait à la radio. C'était horrible : j'étais persuadée que c'était un maniaque sexuel ! Mais non. Il m'a juste... baladée en voiture.

Franck et Blanche se regardèrent, incrédules. Johanna était sincère, naturellement, mais cette histoire n'avait ni queue ni tête.

– C'est absurde ! Il avait sûrement une idée derrière la tête ! Il ne t'a vraiment rien dit d'autre ?

– Non. À un moment, il a arrêté la voiture dans un terrain vague. Il m'a détachée, il a ouvert la portière et il m'a poussée dehors. Puis il est parti sans rien dire.

– Tu es saine et sauve, c'est l'essentiel, soupira Blanche.

Johanna avait arrêté de pleurer. Elle affichait désormais un air désespéré.

– Seulement, c'est foutu pour le bac. À cause de ce taré, j'ai raté mon oral, maman. Tu te rends compte ?

Maintenant que la jeune fille était à l'abri, c'est ce qui la désolait le plus. Épaulée par sa mère, elle alla porter plainte contre X pour enlèvement. Léo Castelli s'empressa de faire une nouvelle petite visite à Bob Grant : pour lui, il ne faisait aucun doute que le producteur avait commandité ce kidnapping d'un genre inhabituel. Grant raconta au policier son entrevue avec Johanna.

– Cette petite conne est venue dans mon bureau pour m'insulter et foutre le bordel ! Demandez à ma secrétaire, elle confirmera. Elle vous dira aussi que la gamine est sortie d'ici libre comme l'air !

– Ce n'est pas ça qui m'intéresse, interrompit Léo.

Il sortit de sa poche le portrait-robot établi au commissariat d'après les renseignements fournis par Johanna. Il le posa sur le bureau du producteur et décela un tressautement presque imperceptible sur son visage. « Touché », pensa-t-il. Il poursuivit l'interrogatoire comme si de rien n'était.

– D'après la déclaration de Johanna Marci, cet homme l'a séquestrée pendant plusieurs heures. Est-ce que vous le connaissez ?

– Jamais vu ! s'exclama Bob un peu trop vivement.

– Regardez mieux, prenez votre temps, insista Léo.

– Vous êtes sourd ? Je vous dis que je n'ai jamais vu ce type !

Le policier reprit le portrait-robot et considéra son interlocuteur avec une lassitude évidente.

– Je vais vous dire ce que je crois. Nous seulement vous connaissez cet homme, mais en plus il a agi sur votre ordre.

– Bien sûr ! Mais dites-moi, pour quelle raison j'empêcherais une gamine de passer son bac ?

– Pour la punir d'être venue faire un scandale ici ? Ou parce qu'elle dit la vérité ?

– Quelle vérité ?

– Elle vous accuse d'avoir détruit les enregistrements de Maïdi Roth, poursuivit le flic.

Bob Grant secoua la tête comme s'il était chagriné. Il s'approcha de Léo et le regarda droit dans les yeux.

– Qu'est-ce que je vous ai fait, capitaine Castelli ? Les maquettes de Maïdi, l'enlèvement de la gamine… et bientôt, le réchauffement de la planète ! À vous entendre, je suis responsable de tous les maux. Et tout ça sans preuves, sans témoins, juste votre intime conviction… Alors je vous le demande : qu'est-ce que je vous ai fait ?

Léo soutint le regard du producteur.

– Je finirai par vous coincer. Ce jour-là, vous arrêterez de faire le malin.

– Je vais vous dire pourquoi vous vous acharnez contre moi : c'est parce que je suis noir. Pour un flic, c'est difficile à encaisser qu'un Négro ait pu réussir bien mieux que lui.

– Celle-là, je l'attendais depuis un moment, soupira Castelli.

– Vous êtes raciste, capitaine. Un vrai salopard de raciste, voilà la vérité !

Mais l'autre se dirigeait déjà vers la porte. Inutile de gaspiller sa salive à répondre ! Pour l'heure, il fallait coincer le kidnappeur. Ou alors attendre que Bob Grant commette un faux pas. Son intuition lui soufflait que cela ne tarderait pas.

Malgré l'intervention de Blanche auprès du rectorat, l'enlèvement de Johanna ne fut pas pris au sérieux – et les autorités académiques, persuadées qu'il s'agissait d'une mauvaise ruse pour éviter l'oral, appliquèrent sans faillir le règlement. Ainsi, la jeune fille se retrouvait condamnée à redoubler son année de terminale… Elle prit cette décision comme une gifle. Elle avait été victime d'un taré et on la punissait une nouvelle fois, en lui faisant perdre une année ! Une douloureuse angoisse se forma au creux de son ventre, car cette sanction torpillait aussi sa vie amoureuse. C'est ce qu'elle s'apprêtait à dire à Arnaud, tandis que, loin du Mistral, ils contemplaient la Méditerranée. Le jeune homme ne savait que faire pour contrer la mélancolie de son amie.

– Tu penses encore à ton bac ? demanda-t-il pour briser le silence.

– Plus vraiment. J'ai surtout peur que… ce soit foutu entre nous deux, lâcha Johanna du bout des lèvres.

– Mais… pourquoi dis-tu une chose pareille ?

– Toi à Paris, moi à Marseille, ça ne peut pas marcher. On

n'aura jamais les moyens de prendre le train tous les week-ends.

– C'est vrai, ça risque de ne pas être simple, admit Arnaud.

– Il n'y a pas de solution, se désola l'adolescente.

– Au contraire, il y en a une très simple : je ne rentre pas à Paris !

– Mais... et ton boulot ? C'est là-bas que tout se passe, non ?

– C'est sûr, c'est moins facile à Marseille. Mais en me remuant un peu, je devrais m'en sortir ! Avoir bossé avec Maïdi, ça me fait une sacrée référence, tu sais.

Johanna se sentit d'un coup si heureuse qu'elle n'était pas certaine d'avoir bien compris. Elle ne voulait pas connaître de faux espoirs, pas après la déception qu'elle venait de subir.

– Tu vas rester ? Vraiment ? Tu ne me fais pas marcher ? insista-t-elle.

– Si, bien sûr : en fait, j'ai déjà mon billet de train pour Paris et une blonde avec des gros seins m'attend à la gare de Lyon, rigola Arnaud.

Elle lui donna une bourrade.

– Je tiens à vivre avec la fille que j'aime, ajouta-t-il en la regardant avec tendresse.

Ils s'embrassèrent. Plus rien n'avait d'importance. L'enlèvement, le redoublement de la terminale, le bac à repasser, tout s'évanouit comme un nuage de poussière.

Malgré les supplications de Blanche, rongée d'inquiétude, Franck était en train de foncer en direction des bureaux de Bob Grant, bien décidé à lui faire payer le kidnapping de Johanna – et, surtout, à lui faire avouer qu'il était bien Patrice Cléry. C'était l'heure du déjeuner. Il attendit un moment au coin de la rue et, dès qu'il vit sortir la secrétaire, pénétra dans l'immeuble et entra en trombe dans le bureau du producteur. Il se jeta sur lui, l'attrapa au collet et le souleva brutalement de son siège.

– Cette fois, tu as dépassé les bornes, salaud ! hurla-t-il sous le regard ahuri de l'autre.

– Qu'est-ce qui vous prend ? Vous êtes taré !

– Fini de jouer au con, tu as compris ? Je sais que c'est toi qui me pourris la vie !

Franck leva le poing, prêt à frapper le visage de Bob, mais celui-ci parvint à se dégager et à bloquer son bras.

– Je ne sais pas pour qui vous me prenez, mais vous vous trompez, dit-il le plus calmement possible. La première fois que je vous ai vu, c'était lundi dernier, dans ce bureau.

Une seconde, l'électricien fut tenté de le croire. Mais il se souvint que Patrice Cléry était un menteur professionnel.

– Voilà le topo, reprit-il durement. Si tu t'approches encore d'un des miens, je te crève. C'est bien clair ?

– Mais je ne comprends rien à ce que vous dites ! jura l'autre.

Cette nouvelle dénégation enragea Franck. Il s'apprêtait à frapper quand le téléphone sur le bureau du producteur sonna. Il relâcha un peu son étreinte.

– Décroche et réponds calmement que tu es occupé. Et pas d'embrouille ! ordonna-t-il en baissant la voix.

Bob Grant s'exécuta docilement.

– Allô ? Quoi ? Euh... D'accord.

Il tendit le combiné à Franck.

– C'est pour vous, dit-il simplement.

Franck, étonné, hésita puis s'empara du téléphone.

– Allô ?

Il reconnut immédiatement la voix.

– Tu t'en prends à la mauvaise personne, Franck, dit son interlocuteur d'un ton désolé.

L'autre jeta un coup d'œil à Bob, ne sachant quoi répondre. La situation était si invraisemblable qu'il garda le silence.

– Arrête d'agresser n'importe qui, c'est mauvais pour tout le monde, poursuivit la voix comme si elle grondait un enfant.

– Pourquoi vous… commença Franck.

– Ne discute pas et tire-toi. Sinon, tu sais de quoi on est capable…

L'inconnu raccrocha. L'électricien se sentait perdu. Sans un mot, il tourna le dos au producteur et quitta le bureau.

– Eh ! C'était qui au téléphone ? cria Bob.

Mais Franck avait déjà disparu.

Complètement perdue, Blanche s'était réfugiée au *Bar du Mistral* pour chercher du soutien auprès de Roland. Léo était en train de prendre son café au comptoir. Trop fébrile pour attendre son départ, elle tâcha de se confier au patron sans se faire entendre par le policier. Mais leurs messes basses étaient si peu discrètes qu'elles eurent pour effet d'aiguiser la curiosité – et l'ouïe – de leur ami. Il abandonna son café et s'approcha de Blanche qu'il fixa d'un œil sévère.

– Qui est parti chez Bob Grant tout à l'heure ? demanda-t-il juste pour être sûr d'avoir bien entendu.

Blanche hésita une seconde avant de répondre. Mais à quoi bon ? Il ne servait à rien de dissimuler la vérité.

– Franck, murmura-t-elle, ennuyée.

– Et tu n'as pas jugé utile de me prévenir, s'énerva Léo.

– Je… Ça ne m'a pas paru important…

– Bien sûr, je vais te croire ! Regarde-toi, tu es morte d'inquiétude ! Mais, comme d'habitude, on essaie de résoudre ses embrouilles en douce, et après on vient voir Léo pour qu'il répare les pots cassés ! Je commence à en avoir ras le bol !

Blanche ne trouva rien à répondre. Elle se sentait coupable et n'osait même pas regarder le policier. Celui-ci soupira et prit un ton un peu plus conciliant.

– Bon... Si tu veux, je peux aller faire un tour chez Bob Grant, histoire de vérifier que Franck n'a pas fait de bêtise, proposa-t-il.

– Oui, je veux bien ! Merci ! s'exclama Blanche, soulagée.

Mais comme le policier s'apprêtait à partir, l'électricien entra dans le café, aussi livide que s'il venait de croiser un fantôme. Il bougonna un vague salut en direction de Léo et de Roland puis embrassa Blanche, qui le serra un moment, comme si elle avait craint de pas le voir revenir indemne. Léo intervint.

– J'espère que vous n'êtes pas allé voir M. Grant pour faire justice vous-même ?

Franck se détacha des bras de Blanche et soutint son regard.

– Je ne lui ai fait aucun mal. Appelez-le et vous verrez.

– Ce sera vérifié, en effet. Mais ne me dites pas que vous êtes allé lui faire une visite de courtoisie !

– Je lui ai demandé de laisser ma famille en paix.

– En d'autres termes, vous l'avez menacé ! corrigea le flic, agacé.

Roland se décida alors à intervenir.

– N'exagérons rien. Franck a juste voulu mettre les points sur les i avec ce type. On ne va pas en faire un fromage, si ?

Mais cette mauvaise foi de la part de son ami fit exploser Léo.

– C'est ça, continuez à me prendre pour un con ! Depuis le début, vous mentez tous les trois, vous me cachez des informations importantes, vous jouez avec le feu et vous mettez vos vies en danger !

Il quitta le *Bar du Mistral*, furieux. Roland haussa les épaules comme pour signifier que sa colère lui passerait. Blanche, elle, entraîna Franck à l'écart pour lui poser la question qui lui brûlait les lèvres.

– Alors, comment ça s'est passé ?

– Il est arrivé un truc dingue pendant que j'étais là-bas. Le téléphone sur le bureau a sonné, Bob Grant a décroché et... c'était pour moi. C'était le maître chanteur ! Il savait exactement ce que j'étais en train de faire !

– Ça veut peut-être dire qu'ils sont complices tous les deux, suggéra Blanche.

– Sauf qu'à voir le visage de Grant, je te jure qu'il ne comprenait rien à ce qui était en train de se passer.

– Tu veux dire que... qu'il n'y est pour rien dans toute cette histoire ?

Franck secoua la tête, perdu.

– Je ne sais pas... Je ne sais plus... Si ça se trouve, ils sont plusieurs à me manipuler, à m'épier en permanence. Deux, trois ? Dix ?

Cette nouvelle hypothèse fit frissonner Blanche. Elle eut la vision cauchemardesque d'une armée de fantômes liguée contre eux deux. Des comploteurs et des criminels agissaient dans l'ombre, omniprésents. Elle se sentit plus vulnérable que jamais.

– Je n'en peux plus, reprit Franck. Parfois, j'ai l'impression qu'ils cherchent à me rendre dingue. Si ça continue comme ça... ils vont y arriver.

Franck fit un effort surhumain pour honorer un rendez-vous avec l'un de ses clients. Vivre normalement devenait mission impossible quand planait cette menace permanente et mystérieuse. Il laissa Blanche chez elle en compagnie de Johanna et d'Arnaud, venus lui rendre une petite visite. L'adolescente tenait à associer sa mère à la joie et à l'énergie qu'elle venait de retrouver depuis que son petit ami avait décidé de rester auprès d'elle à Marseille. Cette perspective entraînait chez elle un désir d'apaisement, un regard différent sur la relation entre Franck et Blanche, et sur l'enfant à venir.

Quand elle annonça, souriant de toutes ses dents, qu'Arnaud s'installait à Marseille, Blanche fit tout son possible pour se montrer touchée. Mais le cœur n'y était pas. Ce n'est pas qu'elle ne se réjouissait pas pour Johanna – simplement, elle se sentait à bout de nerfs. La jeune fille se rendit bien compte que sa mère n'avait pas l'air très enthousiaste. Elle supposa qu'elle n'avait pas été assez claire.

– Comme quoi, les échecs, ça peut avoir du bon, insista-t-elle. Moi, ça m'aide à envisager des choses que je n'aurais jamais imaginées avant !

– Comme quoi ? demanda sa mère d'une voix morne.

– Je me dis que j'aurai des meilleures notes l'année prochaine et que je pourrai intégrer une hypokhâgne !

Blanche regarda sa fille, ébahie.

– Une hypokhâgne ? Tu m'impressionnes !

– Et puis je serai présente pendant ta grossesse ! Je pourrai t'aider, et à la naissance aussi !

– C'est très gentil. Ça me touche beaucoup.

À voir Johanna et Arnaud qui se tenaient par la main, Blanche sourit.

– J'imagine que le fait qu'Arnaud reste à Marseille n'est pas étranger à cette vision positive des choses.

– Mais attention, plaisanta l'intéressé, même si je m'installe ici, je ne renonce pas à tout. Je resterai supporter du PSG !

– Évitez simplement de le crier sur tous les toits, suggéra Blanche. Qu'est-ce que vous allez faire après l'album de Maïdi ?

– Je ne sais pas encore, mais ça ne m'inquiète pas trop. Avec les festivals, les tournages... je pense qu'il y aura toujours du boulot pour un ingénieur du son. Et puis, l'important, c'est d'être avec Johanna.

Ces mots renvoyèrent Blanche à sa propre relation avec Franck. Elle sourit, avec des sentiments mêlés de joie et de tristesse.

–Vous avez raison. Il ne faut pas laisser passer une belle histoire, dit-elle un peu pour elle-même.

Franck avait mis à profit l'après-midi pour réfléchir sereinement. Et il était parvenu à se rassurer. Après sa visite à Bob Grant, et malgré le coup de fil du maître chanteur, il pouvait en effet raisonnablement espérer que les menaces cessent. Car il ne parvenait pas à concevoir de s'être trompé à ce point sur le compte du producteur : celui-ci devait forcément être impliqué dans toute cette histoire. Et s'il était impliqué, même de loin, il n'avait désormais plus intérêt à trop se manifester : l'affaire était devenue trop visible aux yeux de la police.

Quand il arriva chez Blanche, à la fin de la journée, il était un peu plus détendu. Sa compagne, de son côté, se sentait un peu réconfortée après la visite de Johanna.

–Au moins, j'ai l'impression qu'un problème se règle. J'étais tellement inquiète pour elle ! avoua-t-elle. J'avais peur qu'elle s'effondre après l'annonce de son redoublement.

–Cette gamine a de la ressource, ça se voit au premier coup d'œil, commenta Franck.

–Son histoire avec Arnaud y est pour beaucoup. Le fait qu'il reste à Marseille pour elle, ça l'a beaucoup touchée.

–Il a l'air d'être un type bien, approuva l'électricien.

Soudain, il se figea. Quelqu'un venait de glisser une enveloppe sous la porte d'entrée. Blanche suivit son regard. Quand elle vit la lettre, elle se douta tout de suite qu'elle apportait une mauvaise nouvelle. Franck s'empara de l'enveloppe, l'ouvrit et lut le message : « Tu vas me rendre un dernier service avant que je te laisse tranquille. Tu vas tuer Maïdi Roth. »

# L'enlèvement de Blanche 8

Ce nouveau chantage ancra une conviction chez Franck : Bob Grant, peut-être avec des complices, était bien l'instigateur de toute cette affaire. Pour appuyer cette certitude, un événement auquel il n'avait pas prêté attention sur le moment lui revint en mémoire. Quelques jours plus tôt, Maïdi Roth avait accordé une interview à *la Dépêche marseillaise*. Elle avait décrit son ancien producteur comme un escroc vulgaire, brutal et dénué du moindre sens artistique, laissant même sous-entendre qu'il était responsable de la destruction de ses maquettes. Or, d'après les souvenirs de Franck, Patrice Cléry était un véritable psychopathe : s'il se cachait bien sous l'identité de Bob Grant, sa riposte aux propos de la chanteuse ne pouvait qu'être extrême. L'ex-chef des M-13 ne tolérait en effet aucune insolence, qu'il assimilait à une remise en question de son autorité. Le traîner dans la boue sur la place publique constituait donc la plus terrible humiliation qu'il pouvait subir – et cela se payait au prix fort.

Le plus calmement possible, Franck convainquit Blanche de ne pas faire appel à la police : les flics ne les placeraient pas, Maïdi et eux deux, sous protection vingt-quatre heures sur vingt-quatre ! La seule solution pour neutraliser le corbeau, c'était de rendre son ordre sans raison d'être – et, pour cela, il fallait persuader la chanteuse de sortir de scène. Il tenta par tous les moyens de la convaincre de quitter Marseille, expliquant qu'il connaissait ce Bob Grant, qu'il était tout à fait capable de s'en prendre à elle physiquement et qu'elle avait tout intérêt à se mettre à l'abri le temps que les choses se calment. Mais son argumentaire manqua de conviction, et Maïdi ne prit pas ces conseils au sérieux.

– Chien qui aboie ne mord pas, conclut-elle.

Franck essaya donc de parler à Arnaud. Tous les deux se retrouvèrent dans un parc discret – même si l'électricien ne se faisait pas beaucoup d'illusions sur la possibilité d'échapper à la surveillance invisible du maître chanteur.

– Je pense que Maïdi court un vrai danger en restant à Marseille, commença-t-il.

– Vous pensez que Bob Grant pourrait vraiment lui faire du mal ? demanda le garçon.

– J'en suis intimement convaincu.

Arnaud hocha la tête, méditant ces paroles.

– Mais... Il gueule plus qu'il n'agit, vous ne croyez pas ?

– C'est ce que Maïdi pense aussi. Mais il n'a pas hésité à faire enlever Johanna !

– Peut-être. Mais on n'a pas été violent avec elle, souligna le jeune homme.

– Maïdi est allée beaucoup plus loin : elle l'a insulté sur la place publique !

– Il doit être furieux, c'est sûr.

– Arnaud, crois-moi, les types comme Bob ne connaissent que la violence. Tu les regardes de travers et, le soir même, ils te cassent une jambe au fond d'un parking. C'est comme ça qu'ils fonctionnent. Il faut que Maïdi s'en rende compte et qu'elle se mette à l'abri avant qu'il ne soit trop tard !

L'autre soupira.

– Vous avez peut-être raison. Je vais aller lui parler, concéda-t-il.

– Le plus tôt serait le mieux, insista Franck.

Les deux hommes se séparèrent. Franck marcha quelques instants d'un pas lent. Il contempla les arbres du parc, la lumière d'été qui irisait les massifs de fleurs. Il écouta les cris de joie des enfants qui jouaient sur les pelouses, remarqua des amoureux qui s'enlaçaient sur un banc... Il eut envie de pleurer. Ce monde qui l'entourait, il n'y avait pas droit. Ces bonheurs simples de la vraie vie, on les leur refusait, à Blanche et à lui. On les cantonnait au-dehors, dans une zone de désolation et de cauchemar.

Comme en écho à ses pensées, son portable sonna.

– Ce n'est pas une bonne idée de vouloir faire partir Maïdi Roth, dit le corbeau. Tu ne peux pas nous désobéir, Franck. Tu n'as pas encore compris ça ? Pourtant, on t'a dit et répété ce que risquait ta femme.

– Ordure ! Un jour, je te ferai payer tout ça ! siffla Franck avec rage.

– En attendant, tu vas te diriger vers la poubelle qui est à vingt mètres sur ta gauche. Dedans, il y a un sac en papier. C'est pour toi.

On raccrocha. Franck tourna la tête à droite et à gauche : à part une jeune femme qui promenait son bébé et un couple de petits vieux, personne. Il s'approcha de la poubelle, trouva tout de suite le sac en papier. Il vérifia que personne ne s'approchait et l'ouvrit. Le sac contenait un pistolet muni d'un silencieux.

Le message était clair : il ne pouvait plus espérer gagner du temps. On lui intimait l'ordre de passer à l'acte au plus vite.

Et la solution lui apparut. Évidente.

À la nuit tombée, Roland était en train de ranger des ustensiles dans sa cuisine lorsqu'il entendit frapper discrètement à la porte du café. Il vit que c'était Franck et s'empressa d'aller lui ouvrir. Il comprit en voyant sa mine torturée qu'il ne venait pas partager un digestif en racontant des bonnes blagues.

– Ça n'a pas l'air d'aller. Qu'est-ce qui se passe ?

– Je suis venu vous demander un service.

– Tout ce que vous voudrez.

Franck sortit de sa poche une enveloppe qu'il tendit à Roland.

– Je voudrais que vous donniez ça à Blanche de ma part.

Roland saisit immédiatement ce que cela signifiait.

– Vous quittez Marseille, c'est ça ? demanda-t-il, sombre.

– C'est la seule façon de protéger Blanche et mon enfant, confirma Franck.

– En les abandonnant ?

– Vous n'imaginez pas à quel point partir me fait mal. Mais j'ai tourné la question dans tous les sens et j'en arrive toujours à la même conclusion : le problème, c'est moi. Si je m'en vais, tout s'arrange.

– Vous avez déjà voulu partir une fois. Et ils ont menacé de tuer Blanche ! protesta Roland.

– Cette fois, ce sera différent. Vous comprendrez en lisant la lettre.

Le patron du *Mistral* était partagé. Certes, il trouvait que la réaction de Franck était légitime, mais quelque chose dans son regard lui faisait peur.

– Vous reviendrez ? demanda-t-il en le regardant fixement.

Franck eut un geste évasif.

– Dans l'immédiat, l'important, c'est que Blanche et le bébé puissent vivre en paix.

– Mais justement ! Ce cauchemar se terminera bien un jour. Vous aurez tout le temps d'être heureux !

Roland se rendit compte qu'il manquait de conviction. Mais il se sentait incapable d'insister, de secouer son ami. Il paraissait si épuisé...

– Où allez-vous ? demanda-t-il pour la forme.

– Il vaut mieux que vous ne le sachiez pas.

Là aussi, inutile d'insister.

– Roland, j'aimerais que vous me promettiez une chose : je voudrais que vous preniez bien soin de Blanche et du bébé.

– Vous pouvez compter sur moi. C'est promis.

– Merci. Je voudrais aussi que vous donniez la lettre à Blanche seulement demain. Le temps que je sois loin.

– D'accord.

Franck tendit la main à Roland, mais ce dernier préféra lui donner une accolade chaleureuse. Les deux hommes restèrent ainsi en silence quelques instants. Puis Franck se détacha et fit quelques pas vers la porte. Avant de quitter le café, il se retourna.

– Je suis content de vous avoir connu, dit-il d'une voix éteinte.

– Moi aussi.

Le patron du bar regarda son ami disparaître dans la nuit. Soudain, il eut froid dans le dos. Il reprit son rangement en essayant de se rassurer, de rester sourd à cette voix intérieure qui lui susurrait des mots terribles. Il remit des chaises en place, nettoya le comptoir, puis, incapable de ralentir les battements de son cœur, s'interrompit. Il considéra l'enveloppe que Franck avait laissée sur le zinc... et décida d'écouter son intuition. Il fonça chez Blanche.

Celle-ci ouvrit sa porte sur une question.

– Est-ce que tu as vu Franck ? Il devrait déjà être rentré. Il ne m'a pas appelée, alors je me disais que...

– Il est passé au *Mistral* tout à l'heure. Il m'a chargé d'un message pour toi.

– Lequel ? Dis-moi.

Roland lui tendit la lettre.

– Franck a décidé de partir, dit-il.

Blanche le regarda, sonnée. Il la prit par l'épaule et l'entraîna vers le canapé où il la fit asseoir avec une extrême douceur.

– Il pense que c'est la seule solution, le temps que les choses se tassent.

– Mais partir où ? Pour combien de temps ? parvint à dire Blanche.

– Il n'a pas voulu me le dire. Je ne devais te remettre cette lettre que demain, mais… je ne sais pas pourquoi, je suis inquiet.

Roland s'en voulut d'avoir prononcé ces mots. Blanche décacheta l'enveloppe en tremblant et lut la lettre à haute voix.

– « Mon amour, je dois mourir. C'est le seul moyen pour que personne ne te fasse de mal. Pardonne-moi… »

Blanche regarda Roland, brisée. Son cri de douleur déchira la nuit du Mistral.

Bien qu'il ait pris la lettre au sérieux, Léo Castelli fit tout pour rassurer Blanche : pour l'heure, aucun suicide n'avait été signalé au commissariat, aucun corps n'avait été découvert dans le département, il n'y avait aucune trace de Franck dans les hôpitaux de Marseille et de ses environs… Le policier suggéra qu'il avait peut-être simplement pris la fuite – et, pour rendre sa mort crédible aux yeux du corbeau, il devait commencer par convaincre Blanche, d'où la lettre. Démarche cruelle, certes, mais compréhensible. Mais Blanche n'y croyait pas. Si le maître chanteur avait su jusqu'à présent surveiller en permanence ses moindres faits et gestes, comment Franck aurait-il pu passer entre les mailles du filet juste ce soir ? Non, Blanche en était persuadée, il s'était réellement donné la mort.

– C'est un homme comme les autres, intervint Roland. Passer à l'acte, c'est beaucoup plus difficile qu'on ne pense.

– Il tient à toi, renchérit Léo. Je suis sûr qu'au dernier moment il a pensé à toi, au bébé, et qu'il a manqué de courage.

Blanche regarda tristement les deux hommes.

– Vous ne connaissez pas bien Franck, dit-elle simplement.

Elle ne parvint pas à trouver le sommeil de toute la nuit. Tôt le lendemain matin, Johanna passa la voir. Elle ne souhaitait pas encore parler de la lettre de Franck à sa fille et, pour se donner une contenance, elle se lança avec un zèle excessif dans les tâches ménagères, comme si laver les carreaux et repasser étaient devenus des activités indispensables à son existence. Naturellement, ce comportement très peu naturel attisa la curiosité de Johanna, qui ne tarda pas à remarquer que sa mère déployait des efforts épiques pour se concentrer sur ce qu'elle faisait. De toute évidence, elle dissimulait quelque chose.

– Qu'est-ce qui ne va pas ? demanda-t-elle.

– Rien, pourquoi ? répondit Blanche d'un ton qu'elle voulait léger.

– Maman... Tu fais une tête d'enterrement et tu as l'air hyper tendue : ne me dis pas que tout va bien ! C'est le bébé ?

– Non. De ce côté-là, ça va, ne t'inquiète pas.

– C'est Franck ?

La seule évocation du nom de son compagnon emplit de larmes les yeux de Blanche. Elle se résolut à un demi-aveu.

– Je n'ai pas de nouvelles de lui depuis hier soir, lâcha-t-elle.

– Il n'a pas dormi ici ?

– Non. Il ne répond pas sur son portable. J'ai peur qu'il lui soit arrivé quelque chose.

– Tu as prévenu Léo ?

– Oui. Franck n'a été admis dans aucun hôpital.

Johanna réfléchit à toute vitesse afin de trouver une explication de nature à rassurer sa mère.

– Il a peut-être été appelé en urgence par un client... Ça s'est éternisé, il a donc pris une chambre d'hôtel près de son chantier. Et son portable... C'est peut-être un problème de batterie. Ou bien il se l'est fait voler. Il ne faut pas penser au pire aussi vite, tu sais.

– Tu as raison. Mais attendre sans rien faire, là, ça me rend folle d'angoisse.

– Tu sais quoi ? Tu vas aller prendre l'air. Qui sait, peut-être même que tu tomberas sur lui dans la rue ! proposa l'adolescente.

Blanche réfléchit. Dehors, au moins, elle se sentirait moins oppressée. Après avoir fait promettre à Johanna de lui téléphoner à la moindre nouvelle, elle prit son sac à main et sortit. Après tout, elle n'avait rien à perdre à se rendre dans les lieux qu'ils avaient l'habitude de fréquenter ensemble. Peut-être qu'avec un peu de chance...

Ses pensées furent brutalement interrompues quand, au détour d'une venelle qu'elle empruntait en guise de raccourci, une main l'attira en arrière tandis qu'une autre plaquait fermement contre son visage un mouchoir imbibé d'une substance à l'odeur suffocante. Son cerveau lui sembla se dissoudre dans un trou noir tandis que ses jambes la lâchaient. « Chloroforme », songea Blanche fugacement. Puis elle perdit connaissance.

Franck avait marché sans but précis plusieurs heures durant, puis il était sorti de la ville et il avait fini par descendre dans une crique à l'abri des regards. Il était resté là un bon moment, à méditer devant la mer. Là où si souvent tout commence et tout se termine, se dit-il. Pendant tout ce temps, il avait tenu l'arme destinée à tuer Maïdi Roth. À plusieurs reprises, il avait ordonné à sa main de lever le pistolet et de le diriger contre sa tête – sans succès. Il avait fermé les yeux, tâchant de cesser de réfléchir une fraction de seconde, l'instant nécessaire pour se tirer une balle dans le crâne. Mais l'image de Blanche ne l'avait pas quitté. Pas un instant. Puis un signal de son portable l'avait tiré de sa torpeur. Un SMS. Il avait hésité à regarder l'écran, puis avait fini par céder. « On tient ta femme. Rentre au Mistral », avait-il pu lire.

Franck consacra tout le chemin du retour à élaborer un scénario crédible expliquant à la fois son retour et la disparition de Blanche. Le premier qu'il devait convaincre était Roland. S'il gobait son histoire, il serait d'une aide précieuse pour persuader à leur tour Johanna et Léo Castelli. Quand il poussa la porte du *Bar du Mistral*, il sut, rien qu'à voir la joie du patron, que c'était gagné : Roland était prêt à avaler n'importe quel mensonge tant il avait l'air content de le revoir vivant.

L'électricien s'excusa, écouta d'une mine contrite combien sa lettre avait fait souffrir Blanche, puis se lança dans ses explications.

– Je sais que j'ai mal agi. J'ai vu Blanche : je lui ai téléphoné pour qu'on se voie et on a parlé. Longtemps...

– C'est bien, approuva gravement Roland.

– Nous avons décidé qu'elle se mettrait à l'abri pendant quelque temps. La situation ici est trop tendue pour elle.

Le patron du *Mistral* parut un peu surpris mais prit quelques secondes pour envisager la chose.

– C'est peut-être mieux comme ça, en effet, finit-il par dire. Où est-elle allée ?

– Je lui ai demandé de ne pas me le dire. Ces salauds m'espionnent sans arrêt : je veux qu'il n'y ait plus aucun lien entre elle et moi.

– Vous avez bien fait.

Le mensonge passait comme une lettre à la poste.

– Elle a aussi coupé son portable, ajouta Franck. On peut lui laisser des messages, elle interrogera son répondeur. Mais je lui ai fait jurer de ne pas appeler.

Roland approuva.

– On n'est jamais trop prudent.

– Je suis sûr que nous ne sommes pas loin d'en finir avec cette affaire. En sachant Blanche en sécurité, je vais pouvoir agir plus librement.

– Ne faites pas de bêtise, quand même !

Franck rassura Roland sur ce point, et lui demanda de se charger d'expliquer la situation à Johanna. Le patron promit de s'en occuper, et l'électricien partit pour l'appartement de sa compagne. Quelques minutes plus tard, le téléphone sonna. Il décrocha précipitamment et soupira en entendant la voix de Blanche à l'autre bout du fil.

– Franck, c'est moi, dit-elle faiblement.

– Blanche ! Où es-tu ? Qu'est-ce qu'ils t'ont fait ?

– Je vais bien... J'ai peur, mais je vais bien...

Le combiné changea de main.

– Terminé, dit la voix du corbeau.

– Blanche n'a rien à voir avec nos histoires ! Laisse-la partir !

– Tu sais bien que ce n'est pas possible. Tu vas recevoir aujourd'hui une lettre de ta femme qui rassurera tout le monde. Officiellement, elle est en vacances et elle se repose. On est bien d'accord ?

– Tu as intérêt à ne pas toucher un seul cheveu de sa tête, enragea Franck.

– Mais ça dépend de toi... Si tu tues Maïdi Roth, je libère ta femme. Sinon... tu ne retrouveras que son cadavre.

Le maître chanteur raccrocha. Franck, à bout de nerfs, se retint pour ne pas fracasser le téléphone contre le mur.

Quand Maïdi Roth regagna sa chambre du *Select* ce soir-là, elle découvrit Franck, immobile, qui l'attendait au milieu de la pièce. L'expression de son visage lui glaça le sang.

– Qu'est-ce que vous faites ici ? demanda-t-elle d'une voix mal assurée.

Mais l'électricien ne répondit pas et continua à la regarder fixement en silence.

– Pourquoi me regardez-vous comme ça ? s'inquiéta la chanteuse.

Franck passa sa main sous son blouson et en sortit le pistolet muni du silencieux.

– Ils ne me laissent pas le choix, balbutia-t-il.

Il leva son arme vers Maïdi, pétrifiée.

– Mais... qu'est-ce que je vous ai fait ? parvint-elle à articuler.

– Rien. Absolument rien, reconnut l'autre. Je suis désolé.

Au prix d'un effort monumental, Maïdi parvint à se ressaisir. Elle avait affaire à un homme désespéré, pas à un assassin. Elle devait essayer de lui parler.

– Si vous tirez, vous passerez votre vie en prison, commença-t-elle.

– Je m'en fous.

– Peut-être. Mais est-ce que vous allez pouvoir vivre avec un cadavre sur la conscience ? Quand on a tué quelqu'un, on ne vit plus soi-même, on est mort à l'intérieur. C'est ce que vous voulez ? Semer la mort autour de vous ?

La chanteuse eut l'impression que Franck avait cessé de respirer. Il ne bougeait plus, aussi immobile qu'une statue, se contentant de la regarder. Le temps sembla s'arrêter. Puis, au bout de quelques instants, comme si un ressort s'était brisé, l'homme s'assit lourdement sur le lit et laissa tomber son arme par terre. Il se prit la tête entre les mains, comme s'il essayait de conjurer une souffrance terrible. Bien qu'elle ne se sente pas encore complètement rassurée, Maïdi ressentit de la compassion pour lui.

– Qu'est-ce qui se passe ? Qu'est-ce qui vous arrive ? demanda-t-elle doucement.

– Laissez-moi.

– C'est Bob ? C'est lui qui vous envoie ?

Franck leva la tête vers elle.

– Moins vous en savez, mieux c'est pour vous, lâcha-t-il.

– S'il s'agit de Bob, je peux vous aider. Venez avec moi voir le capitaine Castelli et...

– Pas question ! Ils ont enlevé Blanche.

– Quoi ? Les salauds !

Maïdi se pencha vers Franck.

– Je vais vous aider à trouver un moyen de les coincer. Ils n'auront pas le dernier mot, je vous le promets !

Il fut touché par la sincérité et la détermination de la chanteuse. Cette femme qu'il était venu liquider se proposait maintenant de l'épauler ! Cela signifiait qu'il était possible de résister aux plus bas instincts, de faire le pari de l'intelligence, et surtout de croire que la vie était la plus forte. Ainsi, pour la première fois depuis longtemps, Franck ressentit un peu d'espoir.

Les nouveaux complices élaborèrent un plan : en premier lieu, la chanteuse devait faire semblant de vouloir se réconcilier avec son producteur afin de l'amener à se sentir en confiance et à s'abandonner un peu. Maïdi sollicita donc un rendez-vous auprès de Bob Grant et fit tout son possible pour lui offrir le beau rôle. Elle avoua s'être inutilement emportée, reconnut que son interview à *la Dépêche marseillaise* était insultante et accepta, comme le suggéra Bob, de faire publier un démenti ainsi qu'une photo attestant de leur réconciliation. Puis, satisfait de ce premier gage de bonne volonté, le producteur entra dans le vif du sujet : lui, ce qui l'intéressait, c'était que Maïdi revienne dans son giron et termine son disque avec lui.

– Réfléchis deux secondes, ma belle : ce n'est pas moi qui ai détruit ta maquette puisque, dès le départ, je refuse de te lâcher. Je suis une tête de mule, mais je ne suis pas assez con pour me tirer une balle dans le pied !

Maïdi fit semblant d'être d'accord.

– Je te crois. Écoute, si tu veux qu'on rediscute mon contrat, on le fait. J'y mets juste une condition.

– Ne sois pas trop gourmande, prévint Bob.

– Je veux que tu répares le tort que tu as fait à Johanna Marci. Là, tu ne peux pas nier que c'est toi le responsable.

Le producteur fut surpris d'une telle demande. Il protesta pour la forme, mais son cerveau calculait déjà ce qu'il avait à perdre et à gagner dans cette histoire.

– OK, c'est un pote à moi qui a fait le coup. Mais ce n'est pas la mort si la gamine n'a pas eu son bac ! On vit très bien sans : regarde-moi !

– Je veux que ton pote aille au commissariat expliquer qu'il a empêché Johanna de passer son oral. Il faut qu'elle puisse se représenter en septembre.

– Quoi ? Il n'ira pas en taule pour une pisseuse, tu sais !

– Qui te parle de prison ? Il prendra quelques jours de travail d'intérêt général et c'est tout. Il a qu'à jouer les débiles inconscients.

Bob réfléchit. Sur ce point, Steevy n'aurait pas trop à se forcer.

– Je vais tâcher de le convaincre, d'accord.

– Alors retrouvons-nous chez Blanche Marci ce soir, proposa Maïdi. J'accompagnerai Johanna et ton copain au commissariat et, après sa déposition, je reviendrai pour qu'on finalise notre accord.

– OK, ça me va !

Maïdi retrouva Franck juste après avoir quitté le producteur. Ils étaient convenus de se rencontrer brièvement chez un marchand de journaux pour déjouer l'éventuelle surveillance dont ils faisaient l'objet.

– On a rendez-vous ce soir chez Blanche, murmura la chanteuse en passant à côté de l'électricien.

Elle prit un magazine au hasard et fit semblant de le feuilleter. Franck vint à sa hauteur, les yeux rivés sur les présentoirs, comme s'il cherchait un titre en particulier.

– Maintenant, il faut que Bob persuade son complice de venir avec lui, chuchota-t-il.

– C'est une condition que j'ai posée. Je suis sûre qu'ils seront là tous les deux. Bob a trop envie de retravailler avec moi.

– Espérons-le. Une fois que je les tiendrai tous les deux, je négocierai la liberté de Blanche contre celle de Bob, dit Franck.

– Ça va marcher, l'encouragea Maïdi.

Elle reposa le magazine, s'apprêtant à repartir. Franck la retint doucement par le bras.

– Je ne sais pas comment vous remercier. Surtout après ce que je vous ai fait vivre...

– Je défends aussi mes intérêts. Bob ne lâchera jamais prise et je n'ai pas envie de me retrouver un jour devant un tueur qui n'aura pas vos scrupules. Bonne chance, Franck.

Maïdi retrouva Arnaud et Johanna dans sa chambre du *Select*, où ils devaient reprendre leur travail et tenter de reconstituer la maquette détruite. Afin de bien tenir l'adolescente éloignée de chez elle durant toute la soirée, elle invita les deux jeunes gens à dîner dans un restaurant loin du quartier du Mistral. Johanna, pour sa part, accepta avec plaisir – et Maïdi songea que, désormais, la balle se trouvait dans le camp de Franck.

Bob Grant avait réussi à convaincre Steevy de se dénoncer, lui faisant même miroiter une « indemnité de sortie » conséquente si, dans le pire des cas, il était condamné à une petite peine de prison. L'appât du gain avait fini de balayer les dernières hésitations du petit voyou, et les deux hommes se présentèrent au moment convenu chez Blanche Marci. La porte était entrouverte. Ils pénétrèrent dans l'appartement sans gêne.

– Il y a quelqu'un ? Maïdi ? appela le producteur.

Tous les deux se figèrent : face à eux, Franck les tenait en joue.

– Putain, c'est quoi, ce plan ? C'est qui, ce type ? s'exclama Steevy.

– Ta gueule ! Levez bien haut les mains ! ordonna Franck d'un ton mal assuré.

Mais Bob n'obéit pas. Il sentait que l'électricien était en proie à la panique et décida d'en profiter. Autant le déstabiliser complètement.

– Tu es bien nerveux, mon ami. C'est la joie de nos retrouvailles ? dit-il d'une voix venimeuse.

– Ce n'est pas le moment de faire le malin, bafouilla l'autre.

– Tu ne vas quand même pas tirer ? Même si c'était il y a longtemps, on reste frères. C'est pour la vie, tu te souviens ?

Steevy regarda tour à tour Franck et Bob. Quelque chose lui échappait.

– Frères ? C'est quoi, ces conneries ?

Aucun des deux ne répondit.

– Tu vas me dire pour quelle raison tu me braques avec ce flingue, ou bien tu attends d'autres invités ? demanda Bob.

– C'est simple, Patrice. Tu vas rester bien gentiment avec moi pendant que l'autre abruti va chercher Blanche.

– Il parle de moi, là ? s'énerva Steevy. Et puis pourquoi il t'appelle Patrice ?

Bob continua de l'ignorer et plissa les yeux en direction de Franck.

– Je ne comprends pas de quoi tu parles. C'est quoi, cette histoire avec Blanche ? s'étonna-t-il.

– Arrête de te foutre de ma gueule ! Il n'y a rien à discuter ! Ton copain va la chercher tout de suite, et s'il n'est pas là dans une heure, je te bute ! Tu as compris ?

Franck se tourna vers Steevy, de plus en plus perdu.

– Je… Je dois aller chercher qui ? demanda-t-il en lorgnant vers Bob.

– Tu le sais très bien ! hurla Franck.

Steevy se tourna vers son copain. Il saisit alors que celui-ci bougeait très lentement sa main et devina qu'il allait tenter quelque chose. Il se jeta à terre. Dans le mouvement, il vit que Bob sortait une arme de derrière son dos et tirait sur Franck.

Mais son geste fut trop rapide, et il le manqua.

En revanche, Franck riposta sans trembler.

Bob s'écroula.

# Le troisième homme | 9

Bob Grant était mort sur le coup. Les premières conclusions de la police scientifique et les interrogatoires menés par le capitaine Castelli établirent rapidement que Franck avait tiré dans le cadre de la légitime défense. Mais le policier saisit tout aussi vite qu'il ne s'agissait pas d'une dispute qui aurait mal tourné. En questionnant Johanna puis Maïdi Roth, il comprit que ce rendez-vous chez Blanche avait un autre but, plus sérieux, que la renégociation du contrat de la chanteuse. À bout de nerfs, Franck finit par tout avouer : le chantage dont il était victime, sa conviction que Bob Grant et Patrice Cléry étaient bien la même personne – et, enfin, l'enlèvement de Blanche.

L'analyse de la dentition du mort confirma qu'il s'agissait bien de l'ancien chef des M-13. Désormais, la seule personne susceptible de mener la police jusqu'au lieu où était séquestrée Blanche était Steevy. Mais ce dernier persistait à nier son implication dans le kidnapping. Castelli le laissa mariner en cellule un bon moment puis le fit amener dans son bureau pour un nouvel interrogatoire.

Le voyou avait l'air dépassé par les derniers événements. Quand le flic lui avait dit que Bob Grant s'appelait en réalité Patrice Cléry et qu'il était un criminel fiché au grand banditisme, il était sincèrement tombé des nues. Même s'il n'en avait pas encore la preuve, Léo sentait que quelque chose ne collait pas. Il considéra Steevy quelques instants en silence. Puis il prit la parole sur un ton calme mais grave.

– Ouvre grand tes oreilles. Blanche Marci est une amie. Dans le quartier du Mistral, elle est très appréciée. Par ailleurs, tu ne t'en es peut-être pas rendu compte, mais elle est enceinte.

– Je vous jure que je n'ai rien...

– Tu ne jures rien et tu écoutes ! J'en fais une affaire personnelle. Tu sais comment fonctionnent les flics dans ces situations-là ?

Steevy saisit parfaitement la menace.

– Oui, je crois, murmura-t-il d'une voix accablée.

– Très bien. Alors je vais te laisser une chance. Si tu me dis où est Blanche Marci, je t'arrange le coup en chargeant Patrice Cléry, histoire que tu écopes de la peine la moins lourde possible.

– Comment ça ?

– J'oublie le kidnapping de Johanna Marci et les menaces sur Maïdi Roth et Franck Ruiz.

– L'enlèvement de la gamine, c'est moi, c'est vrai, mais pour le reste, je ne suis pas au courant ! protesta l'autre.

Léo se pencha sur lui pour mieux se faire comprendre.

– Réfléchis bien : je peux te faire passer pour un petit sous-fifre, celui qui n'avait pas le choix sinon Cléry s'en prenait à lui. Et si j'atteste que tu as collaboré activement pour qu'on retrouve Blanche, tu vas bien t'en tirer. Tu as ma parole.

Steevy regarda le flic d'un œil abattu et secoua la tête.

– Si je savais quelque chose, je vous le dirais, je vous jure !

– Fais attention, Steevy : là, tu commences à me fatiguer ! lâcha Léo d'un ton menaçant.

– Il faut me croire ! Je n'ai pas les moyens de jouer au con : le mec pour qui je bossais s'est fait buter, je n'ai pas de travail, pas une thune de côté, et je vais aller en taule ! Alors si j'avais quelque chose à négocier, je sauterais dessus ! Mais, pour la dernière fois, je ne pige rien à cette histoire !

L'argument était plausible : les petites frappes telles que Steevy s'empressaient toujours, au contraire, de marchander tout ce qui pouvait l'être.

– Je vais vous dire, poursuivit le voyou. J'étais disponible vingt-quatre heures sur vingt-quatre pour Bob. J'ai tabassé des mecs pour son compte, j'étais son chauffeur quand il ne voulait pas se faire remarquer... S'il avait voulu enlever quelqu'un, je l'aurais su, d'une manière ou d'une autre.

Cela confirma l'intuition de Castelli. Il y avait un os dans cette affaire. Et pas des moindres. De toute évidence, il existait un troisième homme.

Quand Johanna apprit par le policier que sa mère avait été enlevée et que, de toute évidence, Steevy était étranger à l'affaire, l'adolescente se sentit tomber dans le vide. Que Blanche soit retenue prisonnière, peut-être maltraitée, était déjà épouvantable. Mais il y avait pire : si Bob Grant était le seul à savoir où elle était détenue, comment la retrouverait-on maintenant qu'il était mort ? Johanna s'imagina sa mère qui s'épuisait à crier dans le vide, sans eau ni nourriture, dépérissant lentement.

Roland déploya toute son énergie pour soutenir sa petite-fille. Avec l'énergie du désespoir, il mobilisa les habitants du Mistral pour déposer aux quatre coins de Marseille des affichettes portant la photo de Blanche. Les médias relayèrent l'information – mais les heures passaient sans que le moindre indice ne remonte à la surface. Puis les jours.

Johanna avait ôté sa montre et caché toutes les pendules de la maison dans une tentative irrationnelle d'arrêter le temps. À chaque minute qui s'égrenait, elle avait l'impression d'entendre retomber une pelletée de terre jetée sur le cercueil de sa mère. Quand Arnaud se trouvait avec elle, elle était incapable de lui parler d'autre chose. Il venait voir sa copine tous les jours et, comme un rituel, entendait les mêmes phrases.

– Je n'arrête pas de me dire qu'on ne la retrouvera jamais, commençait-elle d'une voix éteinte.

– Il faut garder espoir, répondait inévitablement le jeune homme.

Mais, ce jour-là, Johanna se sentait encore plus désespérée. Dès qu'Arnaud franchit la porte, elle laissa voir toute sa détresse.

– Ça fait maintenant six jours que maman a disparu. Je n'en peux plus... et les flics qui n'ont pas le moindre indice !

– Ça, tu ne sais pas. Ils ne te tiennent pas au courant heure par heure de l'évolution de l'enquête. Ils sont peut-être sur une piste sans que tu le saches.

– Et si on ne la retrouvait jamais ? Et si je devais vivre toute ma vie en me demandant ce qui s'est passé ?

Arnaud regarda durement son amie, comme si son attitude l'agaçait, et prit un ton plus sévère que d'habitude.

– Tu t'enfonces toute seule, Johanna. Arrête d'imaginer ce qui n'existe peut-être pas ! Tu as vu le cadavre de ta mère ? Non. Donc il y a encore de l'espoir. C'est comme ça que tu dois voir les choses. C'est comme ça que Blanche voudrait que tu réagisses.

– Qui es-tu pour me dire ce que penserait ma mère ? Tu n'as pas la moindre idée de ce que je vis, alors garde tes leçons de courage pour toi ! protesta la jeune fille.

Arnaud soupira et adopta un ton plus conciliant.

– Excuse-moi, je ne voulais pas te blesser.

– J'ai besoin que tu sois près de moi et que tu m'écoutes, pas que tu me répètes de tenir bon. Parce que c'est ce que je fais, vaille que vaille.

Le garçon prit Johanna dans ses bras et l'embrassa avec douceur. Elle se laissa aller. Ils gardèrent le silence un moment.

– Arnaud, finit par demander l'adolescente, ça t'embêterait de venir t'installer ici avec moi, le temps que... que toute cette histoire soit terminée ? Ça m'aiderait vraiment à tenir le coup si tu étais à mes côtés.

Johanna ne supportait plus d'être seule dans cet appartement. Elle avait l'impression de vivre dans un tombeau, et cette absence de vie ne faisait qu'accroître son angoisse. Comme un avant-goût morbide de ce qui l'attendait si sa mère devait ne jamais revenir... Mais Arnaud se figea, mal à l'aise.

– Je... J'aimerais bien, mais... ça ne va pas être évident. J'ai tellement de boulot en retard... Il y a l'album de Maïdi qu'il faut qu'on termine...

– Tu pourrais quand même revenir dormir ici, non ?

– C'est que... on travaille beaucoup la nuit.

Johanna n'insista pas, mais son visage exprimait une profonde déception. Au moment où elle avait besoin d'Arnaud, il lui parlait boulot !

– Justement, j'ai rendez-vous avec Maïdi maintenant, reprit timidement le garçon. Je... Je reviens te voir dès que possible, promis.

L'adolescente hocha machinalement la tête, sans prononcer un mot ni regarder son ami. Celui-ci hésita, ne trouva rien à ajouter et, d'un pas hésitant, quitta l'appartement.

Johanna demeura un certain temps prostrée, ressassant autant son inquiétude pour sa mère que sa déception de ne pas sentir Arnaud plus proche d'elle. Une clé tourna dans la serrure et Franck apparut. Il hésita une seconde en voyant Johanna puis s'approcha d'elle, les traits tirés. Elle devina qu'il était aussi angoissé qu'elle.

– On vous a relâché ? dit-elle en guise de salut.

– Oui. Le juge a reconnu que j'étais en état de légitime défense.

Franck vint s'asseoir auprès de la jeune fille. Il fallait clarifier la situation sans attendre.

– Si tu préfères, je peux ne pas rester ici, commença-t-il.

– Et vous iriez où ?

– Je ne sais pas, mais je m'arrangerais.

Johanna ne répondit pas.

– Tout est ma faute, ajouta-t-il. Je ne veux pas t'imposer ma présence.

Elle le regarda et secoua tristement la tête.

– Non. Je préfère que vous restiez, dit-elle sans hésiter.

L'autre parut surpris.

– Tu es sûre ?

– Oui. Même si j'ai eu beaucoup de mal avec vous au début, je sais que vous aimez maman. Si quelqu'un peut comprendre ce que je vis, c'est bien vous.

Un sourire éclaira le visage de l'électricien.

– Et je crois que ça lui ferait plaisir de savoir qu'on se soutient tous les deux, conclut Johanna.

Franck chercha quelque chose à dire. Mais, comme souvent, les mots ne vinrent pas. Alors, plutôt que de parler, il attira Johanna dans ses bras, dans un geste naturel de réconfort. Elle ne refusa pas et se blottit contre lui. Ils demeurèrent ainsi en silence, unis par la même souffrance.

Le plus atroce pour Blanche n'était pas la captivité mais le sentiment de vide qui l'habitait depuis qu'elle s'était réveillée dans ce local sombre et exigu. Elle se souvenait très confusément d'avoir perdu connaissance dans une rue déserte – puis plus rien. « Rien » était d'ailleurs bien le mot qui convenait à sa situation car, depuis qu'elle était attachée à ce lit de camp, elle n'avait eu aucune explication. Son ravisseur venait la nourrir deux fois par jour. Il était toujours habillé de la même manière : un sweat-shirt à capuche et un masque blanc ridicule. Il n'avait pas encore prononcé le moindre mot. Blanche se doutait bien que son enlèvement était lié au chantage que subissait Franck, mais pour l'heure son geôlier muet semblait se satisfaire de la détenir prisonnière et de la maintenir en vie, sans but apparent.

Cent fois déjà elle lui avait posé les mêmes questions sur tous les tons, tour à tour implorante, furieuse, menaçante, rien n'y faisait. Que lui voulait-on ? S'agissait-il d'une demande de rançon ? Combien de temps allait-on la garder dans ce trou ? Qu'allait-elle devenir ? Et que devenaient Franck et Johanna ? Chaque fois, le masque la regardait sans réaction. Ce silence devenait de plus en plus insoutenable. Blanche avait l'impression de ne pas être à la merci d'un être humain mais d'un robot.

Puis elle finit par comprendre. Si son ravisseur ne parlait pas, c'était probablement parce qu'elle aurait pu reconnaître sa voix. Cette hypothèse, si elle se vérifiait, lui donna le vertige. Dans ce cas, il ne s'agissait plus d'un sbire de Patrice Cléry, d'un homme de main anonyme. C'était peut-être quelqu'un qu'elle fréquentait qui l'avait enlevée, au péril de sa santé et de celle de son bébé. Mais pourquoi ? Qui pouvait lui en vouloir à ce point ?

Après avoir analysé tous les éléments en sa possession, Léo Castelli était parvenu à une conclusion qui allait orienter l'enquête dans une nouvelle direction. Il était désormais persuadé que le fameux « troisième homme » en voulait autant à Franck Ruiz qu'à Bob Grant. En fournissant une arme à l'électricien, il avait espéré que les deux hommes s'entretueraient – ce qui serait arrivé si Grant n'avait pas raté son tir. La question à se poser était donc désormais celle-ci : qui pouvait souhaiter la mort de ces deux hommes ? Et la réponse renvoyait obligatoirement à leur point commun : les M-13.

Le policier se plongea dans les archives qui concernaient l'ancien gang, sans apprendre grand-chose. Il fit donc appel à Franck : d'après lui, qui pouvait en vouloir autant à lui qu'à Patrice Cléry ? Y avait-il eu un deal qui aurait mal tourné ? Quelqu'un qui se serait senti grugé ? Ou qui aurait été dénoncé ? Un type qu'ils auraient tabassé tous les deux ? Il devait absolument avouer tout incident susceptible de nourrir cette piste de la double vengeance.

Franck n'eut pas le choix. Il confessa le meurtre de Pierre Garcia, pour lequel d'ailleurs il ne serait jamais jugé, car le crime était couvert par la prescription. Léo écouta son récit, puis le questionna sur une multitude de détails et entreprit de fouiller la vie de la victime. Morose, l'électricien le prévint qu'il ne récolterait aucun résultat : Pierre Garcia n'avait ni épouse ni famille. Personne ne pouvait le venger...

Johanna, histoire de s'aérer un peu, était sortie de chez elle pour chercher un peu de réconfort auprès de Maïdi Roth, qu'elle retrouva au *Select Hôtel*, dans la chambre de Rudy. Bien qu'elle se soit juré de ne pas parler de l'enlèvement de sa mère, elle fut incapable de tenir sa résolution et laissa libre cours à ses angoisses.

– Ça fait une semaine que maman a été enlevée et on n'a toujours aucune nouvelle. Personne n'a téléphoné pour nous demander une rançon ou n'importe quoi d'autre en échange de sa libération.

– Peut-être qu'ils traînent pour pouvoir négocier autre chose que de l'argent, suggéra la chanteuse.

– Non. Moi, je crois que ce salaud de Bob Grant était le seul à savoir où elle est détenue, c'est tout. Maintenant, c'est foutu…

Les larmes montèrent aux yeux de la jeune fille et Maïdi la prit dans ses bras, impuissante.

– Je ne sais pas ce qui est pire, soupira Johanna. Me dire qu'elle est morte mais qu'au moins elle ne souffre plus, ou espérer qu'elle est encore vivante mais malade, blessée peut-être.

– Certaines personnes réapparaissent des mois après leur disparition, des années parfois.

Tout de suite, Maïdi s'en voulut d'avoir dit une chose pareille.

– Retrouver ma mère des années après, ce serait pire encore…

– Je voulais juste dire qu'une semaine, ça ne fait pas beaucoup, se reprit la chanteuse.

Mais Johanna ne voulait plus parler de sa mère. Encore deux ou trois phrases et elle éclaterait en sanglots. Elle se leva et se força à adopter un ton plus léger.

– Vous avancez bien avec Arnaud ? demanda-t-elle.

– Tu sais, avec tout ce qui se passe, je n'ai pas le cœur à travailler, répondit Maïdi.

– Ah bon ? Je croyais au contraire que vous étiez débordés. Arnaud m'a dit que vous deviez avancer sur la maquette la nuit dernière.

– Pas avec moi, non. Il a peut-être bossé de son côté ? Mais je ne vois pas trop sur quoi : je n'ai rien enregistré de bon depuis plusieurs jours.

La chanteuse comprit, trop tard, que la conversation s'engageait sur un terrain dangereux. Comme l'expression de Johanna s'assombrissait, Arnaud entra dans la chambre. Le sourire qu'il fit en découvrant sa petite amie ne parvint pas à masquer sa contrariété de la trouver ici. Après un baiser furtif, il s'installa à son ordinateur et sortit une liasse de papiers. Mais tous ses gestes sonnaient faux. L'adolescente attaqua bille en tête.

– Pourquoi tu m'as menti hier quand tu m'as dit que tu allais bosser avec Maïdi toute la nuit ?

– Tu as mal compris. J'ai travaillé tout seul, pas avec Maïdi. Sur sa maquette.

– Tu me prends pour une conne ? Elle vient de me dire que vous ne faisiez plus rien depuis quelques jours ! s'emporta Johanna.

Trop embarrassée pour intervenir, la chanteuse se concentra sur les défauts de la peinture du plafond.

– J'anticipe ! J'ai refait ma bibliothèque de bruitages ! Et puis j'avais plein de déchets à virer de mon ordi ! se défendit maladroitement le jeune homme.

Johanna se planta devant lui.

– Depuis une semaine, je vis dans une angoisse à crever. Je ne dors plus, je ne mange plus, je sursaute au moindre coup de téléphone, j'ai peur à chaque instant qu'on m'annonce que ma mère est morte, et tu me laisses tomber pour jouer avec ton ordi ?

– Laisse-moi t'expliquer…

– Ne te fatigue pas ! Tu me dégoûtes, tiens !

L'adolescente prit ses affaires et sortit de la chambre en claquant violemment la porte. Arnaud regarda Maïdi d'un air penaud.

– Et à moi, tu vas me raconter la vérité ? demanda calmement celle-ci.

Le garçon expliqua alors que son meilleur ami, qui habitait Paris, venait de débarquer à Marseille à l'improviste. Il avait perdu sa mère dans un accident de voiture et, complètement anéanti, il cherchait auprès de lui soutien et réconfort. Comme Johanna se trouvait dans une détresse similaire, il n'avait pas osé lui dire la vérité de peur qu'elle lui reproche de privilégier son copain et qu'elle l'accuse d'accorder plus d'importance à l'amitié qu'à l'amour. Or, jura Arnaud, il voulait aider tout le monde, mais il ne savait trop comment s'y prendre.

– C'est très simple, proposa Maïdi. Présente ton meilleur ami à Johanna en lui expliquant la situation, et tu verras, tout se passera très bien.

– C'est que... il n'a envie de voir personne, balbutia Arnaud.

La chanteuse sentit que le comportement confus de son ingénieur du son cachait quelque chose. Pourtant, elle ne pensait pas qu'il trompait Johanna et, dès le lendemain, elle essaya de rassurer la jeune fille sur ce point. Car, naturellement, c'était la raison la plus évidente pour expliquer les dérobades d'Arnaud depuis ces derniers jours.

Blanche était certaine d'au moins une chose : son ravisseur n'avait pas l'intention de lui faire du mal. Autant son silence constituait une torture psychologique, autant il prenait soin d'elle physiquement. Il lui apportait ses repas à heure fixe, vérifiait que ses liens ne l'entravaient pas d'une manière insupportable et, derrière ce masque impavide, essayait de savoir si, malgré la situation, elle ne souffrait pas trop de son isolement. Aussi décida-t-elle un matin de tenter quelque chose. À peine entendit-elle la clé tourner dans la serrure qu'elle se mit à gémir et à grimacer, simulant une douleur insupportable. Ce jeu eut l'effet escompté : le ravisseur se précipita sur elle et lui enleva son bâillon. Blanche dégaina alors son arme secrète.

– J'ai mal au ventre... Mon bébé... Aidez-moi, je vous en prie...

Malgré le masque qui recouvrait son visage, elle eut la certitude que son geôlier avait pâli. Elle sentit sa panique et décida d'en rajouter.

– J'ai peur de le perdre, j'ai tellement mal, gémit-elle.

L'homme parut hésiter, puis il détacha les liens de sa victime. Celle-ci le repoussa aussitôt, s'empara d'une cruche d'eau qui traînait à ses pieds et tenta de lui porter un coup sur le crâne. Mais l'autre ne se laissa pas faire et arrêta le geste d'une main ferme. Blanche se débattit, griffa son ravisseur au cou et essaya de lui ôter son masque, comme pour faire tomber l'une de ses défenses. Mais il avait la poigne plus ferme, et il parvint à lui faire lâcher la cruche puis à la repousser sur le matelas. Après quoi, il sortit un pistolet qu'il pointa sur elle.

Une voix souffla à Blanche qu'il n'oserait jamais tirer. Si elle n'avait pas été enceinte, elle l'aurait probablement défié jusqu'au bout. Mais l'instinct maternel fut le plus fort, et elle capitula pour ne pas mettre en péril la vie de son bébé. L'homme lui fit signe de se retourner et de passer ses mains derrière le dos. Pendant qu'il la ligotait, Blanche se mit à pleurer en silence.

Après avoir ruminé toute la journée, Johanna se rendit aux arguments de Maïdi et se décida à parler à cœur ouvert, sans ressentiment, avec son petit ami. Tous deux se retrouvèrent dans un petit square tranquille pas loin du Mistral.

– Pourquoi ne m'as-tu pas tout simplement dit la vérité ? demanda la jeune fille sur un ton conciliant. Je peux comprendre que tu aides un copain, tu sais.

– Je suis désolé de t'avoir menti. C'était très bête de ma part, convint Arnaud.

– Ton ami est toujours à Marseille ?

– Oui. Je devais le voir ce soir, mais je vais annuler pour rester avec toi. Il comprendra.

– Non, ne fais pas ça, surtout pas. Tu ne peux pas le laisser tomber. Tu me rejoindras après, même s'il est tard. De toute façon, je ne dors presque pas en ce moment.

– C'est promis, oui.

Les deux amoureux se regardèrent un moment en silence. Puis, gauchement, Arnaud prit la main de Johanna. Celle-ci l'attira à elle et ils s'embrassèrent. Mais la jeune fille remarqua quelque chose sur le cou de son ami. À y regarder de plus près, ça ressemblait fort à une griffure… Sans ménagement, elle écarta le col de sa chemise pour mieux voir. Le garçon avait plusieurs marques rouges qui descendaient dans le cou.

– C'est quoi, ça ? demanda Johanna d'une voix blanche.

– Oh, rien… J'ai dû me couper en me rasant.

– Des coupures de rasoir, à cet endroit ? Tu me prends pour une conne ?

– Mais non ! Qu'est-ce que tu veux que ce soit ?

– Des griffures d'ongles. Ton copain est du genre tigresse !

– Johanna, laisse-moi t'expliquer !

Mais l'adolescente se leva et s'enfuit en courant. Elle ne voulait pas qu'Arnaud voie son visage baigné de larmes.

# Vengeance tardive | 10

Arnaud téléphona à Johanna une bonne dizaine de fois, lui laissant autant de messages, mais en vain. Pour ne pas sombrer complètement dans la déprime, la jeune fille avait décidé de s'accrocher à sa colère, toujours moins destructrice que le désespoir. Pour cela, la première chose à faire, c'était de noircir le mieux possible l'image de son ex et de lui trouver tous les défauts de la Terre. Comme son amie Nirina venait elle-même de traverser une expérience difficile avec son petit copain Nathan, Johanna se dit qu'elle ferait une partenaire de premier choix pour maudire en chœur la gent masculine. Les deux filles se retrouvèrent donc à la terrasse du *Bar du Mistral*. Mais la conversation ne prit pas la tournure espérée par Johanna. Car Nirina, contrairement à elle, essayait toujours de ne pas se laisser déborder par la colère.

– Tu es sûre qu'il fréquente une autre fille ? demanda-t-elle après avoir entendu le récit de « l'immonde trahison » d'Arnaud.

– La dernière fois qu'ils se sont envoyés en l'air, elle lui a griffé le cou, je l'ai vu !

– Il a reconnu qu'il s'agissait de ça ?

– Bien sûr que non ! Il est tellement lâche qu'il jure qu'il ne me trompe pas ! s'emporta Johanna.

– Une griffure, ça ne prouve rien. Ce n'est pas comme si tu l'avais surpris au lit avec quelqu'un. Peut-être qu'il dit la vérité ?

– Eh, Nirina, attends ! Là, tu es censée me dire : « Mais quel salaud, ce mec ! »

Mais sa copine ne répondit pas car Arnaud, précisément, venait de se planter devant Johanna. Celle-ci fit comme s'il était transparent.

– Je te demande juste de m'écouter cinq minutes, demanda-il gravement.

– C'est cinq minutes de trop, répliqua froidement Johanna. Tu me donnes envie de gerber, alors tu ferais mieux de dégager si tu tiens à tes chaussures.

Arnaud regarda la jeune fille tristement. Puis il tourna les talons et s'éloigna. Nirina secoua la tête, contrariée.

– Johanna, tu devrais l'écouter. Qu'est-ce que ça te coûte ?

– C'est une perte de temps.

– Je ne sais pas ce qui s'est passé, mais je me dis que, s'il revient te voir, c'est qu'il tient à toi. Il pourrait tout aussi bien te fuir.

Johanna regarda le garçon qui tournait au coin de la rue.

– Je te parie qu'il va la retrouver, maugréa-t-elle.

– Qu'est-ce que tu en sais ? protesta Nirina.

Cette question provoqua un déclic chez son amie.

– Tu as raison. Je vais voir où il va. Autant en avoir le cœur net !

Sans laisser à sa copine le temps de réagir, Johanna partit en courant dans la direction qu'Arnaud avait prise.

Une heure plus tard, le jeune homme sortit d'un bâtiment, jetant des regards à droite et à gauche comme s'il craignait d'être surpris. Ce qui arriva, car de l'autre côté de la rue Johanna le toisait avec sévérité. Elle traversa et se dirigea droit sur lui.

– Je peux savoir ce que tu fabriquais dans cet immeuble ?

– Tu... Tu m'as suivi ? bégaya Arnaud en tentant de dissimuler sa panique.

– Évidemment ! Allez, je t'écoute.

– Eh bien, je suis passé voir mon pote dont je t'ai parlé. Celui qui a perdu sa mère.

Johanna marqua un temps d'arrêt. Elle s'en voulait de jouer à ce jeu-là mais, si elle voulait savoir, elle n'avait pas le choix.

– Très bien. Puisque je suis là, tu n'as qu'à nous présenter !

– Ah, mais... Ce n'est pas le moment. Il fait une sieste.

– Mais tu viens juste de le quitter ! Il ne doit pas être profondément endormi. Au pire, si on le réveille, il comprendra que c'est important de rassurer ta copine, non ?

La jeune fille poussa la porte de l'immeuble, mais l'autre ne bougea pas d'un pouce.

– Alors, qu'est-ce que tu attends ? On y va ? s'impatienta-t-elle.

Arnaud soupira et prit un air désolé.

– Ce n'est pas possible, Johanna. Tu avais raison : il y a quelqu'un d'autre.

Au fond, elle s'attendait à un tel aveu. Mais jusqu'au dernier instant, une partie d'elle-même avait espéré qu'il s'agisse d'un malentendu. Johanna reçut cette annonce comme une gifle cinglante. Elle eut l'impression que tout s'écroulait autour d'elle, qu'elle tombait dans un puits sans fond. La colère, le dégoût et la tristesse se mêlèrent en un seul sentiment accablant et, pour ne pas s'effondrer, elle s'enfuit en courant.

Les recherches de Léo Castelli sur Pierre Garcia confirmèrent les prévisions de Franck : le toxicomane n'avait ni parents ni amis. Il avait disparu de la surface de la Terre sans que personne ne semble le regretter une seule seconde. Le flic insista une nouvelle fois pour que Franck fouille encore sa mémoire à la recherche du détail oublié. Tout était bon à prendre. Mais l'exercice était d'autant plus difficile pour l'électricien que, depuis des années, il s'était au contraire entraîné à effacer tout souvenir de cette époque.

– Je me rappelle qu'il traînait parfois dans un café pas très loin de la cité, finit-il par dire. Le *Conti*, il s'appelait. Enfin, je crois.

– Il y faisait quoi ?

– Rien de particulier. Un flipper ou un baby-foot de temps en temps, entre deux rendez-vous avec ses dealers. La zone, quoi.

– Avait-il des copains de flipper ? Une fille avec qui il sortait ? insista Léo.

Franck fronça les sourcils comme si une image lointaine refaisait surface.

– Il y avait une fille qui était tout le temps dans ce bar. Du genre allumeuse… Il me semble qu'elle est sortie avec Garcia. Elle s'appelait Muriel, « Muriel la Murène ».

– La Murène ? s'étonna le policier.

– Elle avait mordu un dealer. Elle aussi était toxico.

– Je vais fouiller de ce côté-là. Si ce bar existe toujours, je trouverai peut-être quelque chose. Toutes les pistes sont bonnes à prendre.

« Certes, songea Franck, surtout celles qui ne mènent nulle part. » Car lui ne croyait pas que, vingt-trois ans plus tard, il puisse rester la moindre trace du *Conti* et de sa bande d'épaves.

Peu après, à la terrasse du *Mistral*, alors qu'il portait un regard dénué d'expression sur son verre de bière, il prit conscience avec un temps de retard que quelqu'un se tenait devant lui. Maïdi Roth. D'un geste, il lui proposa de s'asseoir.

– Toujours rien ? demanda-t-elle avec douceur.

Franck confirma en silence.

– Pourquoi les ravisseurs ne vous contactent-ils pas ? s'interrogea la chanteuse. Ils devraient exercer un chantage, comme avant !

– Non. Je crois que c'est à Blanche qu'ils vont faire du mal. Parce qu'ils savent que je ne pourrai jamais m'en remettre. Ils veulent me détruire.

Maïdi soupira. Le pauvre homme était au bord du gouffre. À quoi bon lui servir des banalités sur la nécessité de tenir bon ?

– J'ai vu Johanna ce matin. Elle ne va pas bien du tout, dit-elle plutôt.

– J'en ai conscience, mais je ne sais pas comment l'aider.

– Elle a découvert, en plus de l'enlèvement de sa mère, qu'Arnaud la trompait. Ça ne fait que l'enfoncer.

– Ah bon ? Il avait l'air d'être un type bien, pourtant.

– C'est ce que je croyais aussi.

Juste à ce moment-là, la chanteuse vit le jeune homme qui sortait de l'immeuble de Johanna. Elle abandonna Franck, qui ne réagit pas, plongé dans ses idées noires. Elle courut vers Arnaud, qu'elle intercepta alors qu'il quittait la place du Mistral.

– Qu'est-ce que tu fais là ? demanda-t-elle d'un ton un peu dur.

– Je voulais voir Johanna, mais elle est absente. Ça te pose un problème ?

– Tu ne devrais pas insister, Arnaud. Ça lui fait trop de mal.

– C'est bon, tu ne vas pas me faire la morale ! Je contrôle la situation, tu sais.

– Non, je ne crois pas. Johanna est au bout de ce que peut endurer une gamine de son âge. Il vaut mieux que tu la laisses tranquille !

Le garçon s'apprêtait à répliquer, mais sa réponse resta en suspens. Soudain, il parut très las, presque fragile. Il secoua la tête comme si tout cela n'avait plus d'importance.

– Tu as sûrement raison, admit-il. De toute façon, je vais quitter Marseille.

– Et... notre maquette ? s'étonna Maïdi.

– Tu trouveras facilement quelqu'un d'autre. C'est mieux pour tout le monde que je me casse.

La chanteuse comprit que cette décision était sans appel.

– C'est ça que tu venais dire à Johanna ?

– Tu n'auras qu'à lui dire de ma part. Allez, salut, Maïdi. Bonne chance pour la suite.

Arnaud lui tourna le dos et s'éloigna d'un pas rapide.

Depuis la veille, Blanche ne touchait plus à la nourriture ni à l'eau, déterminée à aller jusqu'au bout de sa grève de la faim. Si elle devait mourir, autant en finir au plus vite ; et si elle avait la moindre valeur pour son ravisseur, autant mettre dans la balance sa propre vie. Quand l'homme masqué revint, il esquissa un geste de contrariété puis désigna la nourriture, comme pour lui faire comprendre qu'elle ne pouvait continuer à ne pas s'alimenter.

– Je ne mangerai plus ni ne boirai plus. Vous allez nous voir mourir, moi et l'enfant que je porte, lâcha Blanche d'une voix posée.

L'autre s'énerva, versa un peu d'eau dans un verre en tremblant et essaya de la faire boire de force. Mais elle lui recracha le liquide à la figure.

– Je veux savoir qui vous êtes ! Enlevez ce masque ! Qu'est-ce que vous risquez ? Je suis attachée, à votre merci !

Son ravisseur parut réfléchir, puis se pencha à son oreille.

– Si je l'enlève, vous recommencerez à manger et à boire ? demanda-t-il en chuchotant.

– Oui, je vous le jure.

Blanche regarda son geôlier se redresser. Après avoir hésité un long moment, il retira lentement le masque qu'elle détestait tant. Elle eut alors l'impression que son cœur allait exploser. C'était Arnaud.

– Ce... Ce n'est pas possible, parvint-elle à articuler.

– Buvez, maintenant. Moi, j'ai fait ce que vous vouliez.

Il approcha le verre des lèvres de Blanche. Elle s'exécuta.

– Je ne vous veux aucun mal, dit Arnaud avec douceur.

Blanche déglutit avec difficulté. Aucun mal ? On nageait en pleine absurdité.

– Alors pourquoi fais-tu ça ?

– Je suis le fils de Pierre Garcia, l'homme que Franck a tué il y a vingt-trois ans, expliqua calmement le garçon. C'est moi qui l'ai fait chanter. Je voulais l'amener à s'entretuer avec Patrice Cléry. Et j'ai en partie réussi.

– Mais faire mourir Franck ne te rendra pas ton père ! protesta Blanche.

– Bien sûr. Mais c'est quand même ce que j'attends depuis des années !

Blanche comprit qu'elle n'aurait aucun moyen de faire reculer Arnaud. Ce garçon mûrissait son plan depuis trop longtemps. Il avait été capable de mettre sur pied un stratagème aussi sophistiqué que délirant, suivant Franck pas à pas, approchant son entourage, séduisant même Johanna pour assouvir sa vengeance. Laquelle devait être obsessionnelle pour qu'il fasse preuve d'autant de discipline et de détermination. Devant cette folie vertigineuse, Blanche se sentait démunie.

– Ne vous inquiétez pas, ajouta Arnaud. Je vais bientôt vous libérer. Demain, tout sera fini.

– Demain ? Pourquoi demain ? balbutia Blanche.
– Parce que, demain, Franck sera mort.

Au même moment, l'électricien rentrait d'un pas lourd chez Blanche et trouvait une enveloppe qu'une main anonyme avait glissée sous la porte. Il sut immédiatement qu'il s'agissait du ravisseur. Enfin un geste de sa part ! Quoi qu'on lui demande de faire, c'était mieux que le silence insupportable qui avait prévalu jusqu'à présent. Il ouvrit fébrilement l'enveloppe et en sortit un mot bref ainsi qu'une photo... de lui-même. « Dernier contrat : tue cet homme, et Blanche et le bébé vivront », disait le message. Après avoir réfléchi plusieurs minutes, il rendit une dernière visite à Maïdi Roth.

– Je voudrais que vous disiez à Blanche que... que je l'ai aimée comme jamais je n'ai aimé quelqu'un. Dites-lui aussi que je sais qu'elle s'occupera bien de notre enfant et qu'elle saura le rendre heureux.

La chanteuse considéra Franck qui, figé dans cette chambre du *Select*, osait à peine la regarder.

– Ne me dites pas que vous songez à...

Elle chercha le mot adéquat. L'autre lui facilita la tâche en lui tendant le message qu'il avait trouvé chez Blanche.

– On a glissé ça sous la porte.

Maïdi lut la lettre et releva la tête vers Franck, consternée. Cet homme était si désespéré que, de toute évidence, il allait docilement exécuter la sentence.

– Vous n'allez pas obéir, quand même ? Il faut aller voir le capitaine Castelli ! Trouver celui qui exerce ce chantage !

– Je cherche ce type depuis des semaines sans résultat. Il est invisible, insaisissable, comme un fantôme, gémit Franck.

– Sauf qu'il est fait de chair et d'os ! protesta la jeune femme. Servez-vous de votre logique. Quand avez-vous trouvé cette lettre ?

– Tout à l'heure, après notre conversation à la terrasse du *Mistral*.

– Alors il faut questionner le voisinage. Charlotte a peut-être vu quelqu'un passer chez Blanche ? Arnaud est venu voir Johanna au même moment, il a peut-être remarqué quelque chose. On n'a qu'à l'appeler, proposa Maïdi.

Mais Franck se redressa, comme frappé d'une décharge électrique. Comment n'y avait-il pas pensé plus tôt ?

– Arnaud… Grâce à Johanna, Arnaud est au courant de tout ce que Blanche et moi faisons… Il est ingénieur du son, il peut donc placer des micros… Il était avec moi juste avant qu'on me dise où trouver le revolver avec lequel je devais vous tuer…

La chanteuse le regarda en écarquillant les yeux.

– Vous êtes en train de me dire qu'Arnaud est le corbeau et qu'il a enlevé Blanche ? C'est… C'est complètement dingue ! Et pourquoi ferait-il ça ?

– Je ne sais pas. Mais il faut que je lui parle. Pouvez-vous m'emmener chez lui ?

Maïdi acquiesça et tous deux quittèrent le *Select* au plus vite.

Johanna passait tristement en revue tous les albums photos que recelait l'appartement. À regarder toutes ces images où sa mère apparaissait à différentes époques de sa vie, sa disparition devenait absurde. Comment pouvait-on être présent et, quelques instants plus tard, se volatiliser ? Comment était-il possible de se dissoudre ainsi dans un trou noir ? En détaillant les clichés, la jeune fille comprenait à quel point l'existence d'une personne pouvait ne pas laisser d'empreinte, à quel point il était aisé, malgré tous les actes qu'on a accomplis, de ne devenir plus qu'un souvenir… Le pire, c'est qu'elle-même ne se rappelait pas toujours les circonstances dans lesquelles telle ou telle photo avait été prise. Maintenant qu'elle risquait de ne plus jamais revoir sa mère, elle s'en voulait de ne pas avoir une mémoire parfaite. Une mémoire qui aurait gardé jusqu'à la plus éphémère sensation de tout ce qu'elles avaient vécu ensemble.

Quand elle vit Franck et Maïdi débarquer dans le salon, elle comprit d'un coup d'œil qu'ils n'avaient aucune nouvelle à lui annoncer. Mais elle fut ennuyée de ce que lui demanda la chanteuse.

– Je suis vraiment désolée de t'embêter avec ça, mais je viens de me rendre compte qu'Arnaud a embarqué des fichiers sons dont j'ai absolument besoin et...

– Je n'ai pas vu ce connard depuis mercredi soir et je ne risque pas de le revoir, l'interrompit Johanna.

– Je sais bien. Mais il ne répond pas à son portable et je viens de passer chez lui : une voisine m'a dit qu'il n'était pas venu depuis une semaine.

– Il doit passer tout son temps chez sa nouvelle pétasse. Tout nouveau, tout beau !

– Je dois absolument envoyer ces fichiers à un autre ingénieur du son. Je sais que ce n'est pas facile pour toi, mais... tu ne saurais pas où cette fille habite ?

– Rue du Moulin, à côté de la place Arago. C'est là que j'ai surpris l'autre salaud en flagrant délit, au numéro 12. Vous vous rendez compte, il me trompait à cinq minutes d'ici ! Comme ça, il pouvait passer de l'une à l'autre sans...

Mais Franck interrompit les plaintes de Johanna, entraînant Maïdi vers la porte comme s'il y avait urgence.

– Merci beaucoup ! Je reviens très vite ! lança-t-il avant de disparaître.

La jeune fille fronça les sourcils. Elle flairait quelque chose de bizarre. Pourquoi Franck accompagnait-il Maïdi, et pourquoi l'avait-il remerciée si vivement pour un renseignement qui ne le concernait pas ? Un instant, l'idée qu'Arnaud puisse être lié à l'enlèvement de sa mère lui traversa l'esprit. Mais elle chassa aussitôt cette pensée incongrue et se replongea, la larme à l'œil, dans l'album photo de l'année en cours.

Léo Castelli entra en trombe dans le bureau de la commissaire Madigan.

– J'ai retrouvé l'ancien patron du *Conti*. Il se souvenait de Muriel la Murène. En réalité, elle s'appelle Muriel Pia. Elle était enceinte de cinq mois quand Pierre Garcia a été tué. Elle a eu un petit garçon qu'elle a prénommé Arnaud. Arnaud Pia, l'ingénieur du son de Maïdi Roth !

– Ainsi, le corbeau était sous notre nez ! s'exclama Véra Madigan.

– Il a disparu depuis une semaine. Je viens d'appeler Johanna Marci : elle a reçu la visite de Franck Ruiz et de Maïdi Roth, qui cherchaient à tout prix à joindre Arnaud. Elle leur a donné l'adresse de sa nouvelle copine. Je pense qu'il s'agit de l'endroit où il détient Blanche. Mais, naturellement, les téléphones de nos deux Zorro sont coupés.

La commissaire s'était déjà levée, saisissant le drame qui se tramait.

– Allez, on fonce. En espérant que Ruiz et Pia ne vont pas s'entretuer d'ici là !

Sous le regard indifférent de Blanche, Arnaud s'appliquait à préparer un plateau-repas un peu plus recherché que d'ordinaire quand on frappa à la porte. Il sursauta si brutalement que toute la nourriture tomba par terre.

– Arnaud, ouvre. C'est moi, Franck ! Et je ne suis pas armé !

– Franck, je suis là ! cria aussitôt Blanche.

– La ferme ! ordonna Arnaud.

Au ton du jeune homme, Franck sentit qu'il perdait le contrôle. Il continua.

– Blanche n'est pour rien dans la mort de ton père, laisse-la partir. C'est moi que tu veux, non ? Je suis là, seul !

Arnaud hésita. Son regard allait de Blanche à la porte. Il pointa son arme vers sa prisonnière, lui enjoignant d'un geste de ne pas crier. Puis il entrouvrit la porte, tira Franck à l'intérieur et referma derrière lui.

– Les mains sur la tête !

Franck s'exécuta.

– Laisse partir Blanche, maintenant.

– Non. C'est ma seule garantie pour que tu ailles au bout de ce que je t'ai demandé.

– Je ne me suiciderai pas. Si tu veux me voir mort, c'est à toi de tirer.

Le jeune homme eut un mouvement de surprise en entendant la réponse, mais il redressa son pistolet vers Franck. Blanche intervint, suppliante.

– Arnaud, je t'en supplie... Il y a eu assez de drames... Il faut arrêter ça...

– Ce salaud a tué mon père ! Ma mère a fini par en crever de chagrin !

– Je n'ai pas peur de mourir, affirma Franck sans hausser la voix. En revanche, toi, tu devrais avoir peur. Dès que tu m'auras tué, le cauchemar commencera : tu auras ce crime sur la conscience jusqu'à la fin de tes jours. Tu ne pourras pas vivre avec et tu renonceras à la vie. Je sais malheureusement de quoi je parle...

– Au contraire, j'aurais vengé mon père et je pourrai commencer à vivre ! Vingt-trois ans que j'attends ça ! Tu entends, Franck ? Vingt-trois ans !

Les traits du garçon se durcirent davantage. Son regard s'assombrit. Blanche eut le sentiment qu'il allait tirer d'une seconde à l'autre. Alors elle se mit à parler, sans calcul, dans un effort désespéré pour détourner le cours des événements.

– C'est l'homme que j'aime, je ne veux pas qu'il meure. Tu sais ce que ça veut dire, non ? Tu aimes ma fille, n'est-ce pas ? demanda-t-elle.

L'évocation de Johanna parut troubler Arnaud un court instant. Mais il ordonna à Blanche de se taire.

– Ne vous mêlez pas de ça ! Et ne me parlez pas d'amour ! Moi, je n'ai pas connu ce luxe avec mes parents, et devinez à cause de qui !

Franck reprit la parole.

– Je le sais. Même si tu ne me crois pas, je te jure que tous les jours depuis vingt-trois ans je m'en veux d'avoir tué ton père. Je vis avec mes remords et mes cauchemars...

– ... Alors que vous allez fonder une petite famille bien pépère ? À d'autres !

– C'est la vérité. Et c'est ce qui t'attend si tu répètes ce geste criminel que j'ai commis dans le passé.

Arnaud regarda Franck fixement. Blanche espéra que ses paroles avaient atteint le cœur du jeune homme. Il devait vaciller.

– Vous essayez de m'endormir, mais ça ne marchera pas, répondit-il. Je veux vous voir crever ! Et ça va être le pied ! Allez, reculez au fond de la pièce !

Franck obéit et jeta un dernier regard à Blanche pour lui faire comprendre qu'il n'y avait plus d'espoir. Elle cria.

C'est ce cri que Léo Castelli entendit, à peine arrivé au pied de l'immeuble cerné par des policiers en gilet pare-balles.

– Mon Dieu, que se passe-t-il là-dedans ? se demanda-t-il à voix haute.

Des agents en uniforme tenaient en respect les badauds derrière des barrières. Les pompiers et le Samu venaient de prendre position, prêts à intervenir. Le capitaine aperçut Maïdi Roth qui parlementait avec l'un de ses hommes. Il lui fit signe d'approcher.

-Enfin, vous arrivez ! s'exclama la chanteuse.

-Où est Franck Ruiz ?

-À l'intérieur. Il est allé parler avec Arnaud.

-Super ! s'énerva Léo. Mais pourquoi vous ne m'avez pas appelé ? C'était la première chose à faire, merde !

-Je sais... mais Franck ne voulait pas que vous interveniez. Il dit que c'est sa faute si Arnaud en est là, qu'il ne mérite pas vingt ans de prison.

-Il les fera, ces vingt ans de prison, si ça se termine dans un bain de sang ! s'emporta le flic.

-Avez-vous entendu des coups de feu ? intervint Véra Madigan.

-Non, rien.

-C'est déjà ça, soupira la commissaire.

D'un signe, elle ordonna qu'on sorte la chanteuse du périmètre de sécurité. Léo, lui, était en train de revêtir un gilet pare-balles.

-Restez ici, capitaine. On attend les hommes du Raid, ordonna sa supérieure.

-Je connais les trois personnes qui sont à l'intérieur. Je sais comment leur parler. Je veux juste m'assurer que personne n'est blessé et gagner du temps.

-Bon, allez-y, mais ne tentez rien sans m'avoir prévenue.

Le policier acquiesça et s'engouffra dans l'immeuble.

-Arnaud, je suis le capitaine Castelli ! Je suis seul. Je veux juste vous parler !

Blanche et Franck se regardèrent avec une lueur d'espoir.

-On peut sortir de cette situation ensemble, insista le policier. Pour commencer, dites-moi ce que vous voulez.

-Je veux buter ce salaud de Franck Ruiz !

-Non, Arnaud, personne ne va mourir. Comment va Blanche ? Elle peut parler ?

L'autre lui fit signe de répondre au policier.

– Je vais bien. J'ai été bien traitée !

– D'accord, d'accord... Bon, pour l'instant, il ne s'est rien passé de trop grave ! reprit Léo. Mais il faut en rester là, Arnaud. Si vous libérez Blanche volontairement, ça peut changer beaucoup de choses par la suite.

Le garçon ricana. Ce flic le prenait vraiment pour un demeuré !

– Désolé, capitaine, mais on n'est pas à l'école ici, avec la distribution des bons et des mauvais points ! Je n'ai pas fait tout ça pour rien : j'irai jusqu'au bout ! Alors ce n'est pas la peine de me baratiner !

Léo Castelli comprit en effet qu'il faisait fausse route.

– Pensez au bébé de Blanche. Il n'y est pour rien dans tout ça. Laissez la mère sortir ! Vous avez déjà Franck !

Arnaud jeta un œil sur sa prisonnière, qui comprit qu'il songeait effectivement à la libérer. Ce qui ne la rassura pas, bien au contraire. Car le regard d'Arnaud lui envoyait un autre message : s'il la laissait partir, c'était parce qu'il ne voulait pas abattre Franck devant elle.

Après le coup de fil que lui avait passé Léo, Johanna réfléchit longtemps pour comprendre ce qui pouvait bien se tramer entre Arnaud et Franck. Quelque chose ne tournait pas rond, certes, mais elle hésitait à se rendre chez sa rivale, car elle n'avait aucune envie de la surprendre dans les bras de son ex : peut-être qu'elle se faisait des idées et, dans ce cas-là, autant ne pas se couvrir de ridicule.

Puis elle reçut la visite de Maïdi Roth. Celle-ci avait foncé chez Johanna, convaincue qu'elle était la seule personne capable de se faire entendre d'Arnaud. En quelques phrases, sans prendre de gants, la chanteuse exposa la situation. La jeune fille crut tout d'abord qu'elle allait s'évanouir. Mais elle se ressaisit rapidement. Oui, c'était à elle de parler à Arnaud.

Johanna courut à toutes jambes jusqu'à la rue du Moulin. À bout de souffle, elle se présenta aux policiers, dit qu'elle était la fille de Blanche Marci et fut immédiatement amenée auprès de Véra Madigan. La commissaire comprit rapidement le rôle que pouvait jouer l'adolescente et, après lui avoir fait revêtir un gilet pare-balles, elle chargea l'un de ses agents de la conduire auprès du capitaine Castelli.

Johanna prit conscience, tandis qu'on la menait jusqu'au studio d'Arnaud, combien la situation était prise au sérieux par les policiers. Des hommes en tenue de combat, armés de fusils à lunette, étaient postés dans le hall de l'immeuble et la cage d'escalier. Ils communiquaient en murmurant dans des micro-émetteurs fixés au poignet. On conduisit la jeune fille à l'entresol ; au bout d'un couloir, elle vit Léo Castelli, qui se tenait dos au mur à côté d'une porte. Il lui donna quelques consignes d'une voix ferme.

– Arnaud est armé et il est très nerveux. Toi, au contraire, tu dois tout le temps rester calme, murmura-t-il.

– D'accord.

– Parle-lui avec ton cœur, Johanna. Suis ton intuition. Cependant, il y a des règles à respecter avec les preneurs d'otages. Surtout, ne lui fais aucun reproche, et évite de lui mentir : il faut qu'il ait confiance en toi.

– Je ne suis pas venue pour lui mentir, répondit l'adolescente.

– OK. Dernière chose : au premier coup de feu, tu te jettes à terre. Tu te sens prête ?

Johanna respira profondément, puis fit signe que oui.

Arnaud paraissait réfléchir intensément. Il transpirait abondamment. Assis face à Franck, il continuait de le braquer.

Mais, songeait ce dernier, il n'avait pas encore tiré – ce qui revenait à dire qu'il ne le ferait jamais. Bien sûr, le garçon souhaitait toujours sa mort ; on avait l'impression qu'il exsudait la haine par tous les pores de sa peau. Mais de là à l'abattre de sang-froid, il y avait un pas immense qu'il était incapable de franchir. Franck s'apprêtait à reprendre la parole quand on gratta doucement à la porte.

– Arnaud, tu m'entends ? C'est moi !

Le jeune homme se figea. Puis il échangea un regard avec Blanche, qui confirma d'un hochement de tête qu'il s'agissait bien de Johanna.

– Qu'est-ce que tu fais là ? souffla-t-il à travers la porte.

– Je veux te parler, répondit timidement l'adolescente.

– Moi, je n'ai rien à te dire. Va-t'en !

– Je sais tout au sujet de ton père et de Franck. Je comprends pourquoi tu en es arrivé là. Mais ma mère n'est pour rien là-dedans.

– Tu es toute seule ?

Johanna regarda Léo, se souvint de ses recommandations et décida de dire la vérité.

– Non. Le capitaine Castelli est à côté de moi. Et il y a un autre policier plus loin dans le couloir. Mais ils ne vont pas intervenir. Ils sont là pour me protéger.

– Pas besoin : je ne te ferai rien, murmura Arnaud.

– Je voudrais que tu libères ma mère. Je sais que tu t'es bien occupé d'elle et qu'elle va bien, mais je voudrais qu'elle me serre dans ses bras.

Arnaud considéra Blanche, qui le supplia du regard. Franck, lui, suivait les mouvements du garçon au millimètre.

– Tu sais aussi bien que moi que, si j'ouvre cette porte, les flics vont donner l'assaut, répondit le ravisseur.

Léo fit un signe d'apaisement à Johanna et se retira à l'autre bout du couloir. La jeune fille reprit la parole.

– Le capitaine Castelli a reculé tout au fond du couloir. Si tu entrouvres la porte, tu verras que je ne te mens pas.

Arnaud ouvrit la porte une fraction de seconde et constata que le policier s'était éloigné. Il eut juste le temps de ressentir le souffle de Johanna plus que de la voir. À peine la porte refermée, il trancha les liens de Blanche avec un couteau, puis recommença à tenir Franck en joue.

– Sortez, ordonna-t-il simplement.

Blanche jeta un coup d'œil à son compagnon, qui lui fit signe d'obéir. Elle ouvrit la porte, Arnaud la poussa dans le couloir avant de refermer immédiatement. Johanna se jeta dans les bras de sa mère. Mais Léo était déjà auprès d'elles.

– Venez, il ne faut pas rester ici, conseilla-t-il.

Il fit signe à son collègue d'approcher et lui demanda d'emmener les deux femmes dehors. Puis il colla son oreille contre la porte. Seules des bribes de la discussion lui parvenaient confusément.

– Merci, dit Franck dès que Blanche avait quitté la pièce.

– Ne me remerciez pas trop vite.

Arnaud posa son pistolet dans un coin.

– Vous voyez, contrairement à vous, je suis incapable de tuer de sang-froid.

Franck retint son souffle. Loin de le rassurer, ces mots laissaient croire que la situation allait s'aggraver.

– Alors on va régler cette affaire autrement, poursuivit le garçon. Vous allez pouvoir vous défendre.

Il lança à l'électricien le couteau qu'il avait utilisé pour délivrer Blanche et, de sa poche, sortit un cran d'arrêt dont il fit jaillir la lame.

– Si vous ne voulez pas mourir, ce sera à vous de me tuer, conclut-il.

Puis il se jeta sur Franck. Mais l'autre esquiva la charge et jeta au loin son couteau.

– Je ne veux pas me battre avec toi, dit-il.

Arnaud se figea et considéra son adversaire avec un rictus de mépris.

– Tu n'es qu'un lâche ! Tu as toujours été lâche : tu as tué mon père en lui tendant un piège, tu as fui, et maintenant tu refuses de te battre !

– Oui, c'est vrai.

Franck regarda le jeune homme. Il semblait paralysé par l'attitude inattendue de l'électricien.

– Tue-moi si tu veux, ajouta-t-il. Blanche est libre maintenant, elle va bien : c'est la seule chose qui compte pour moi.

– Tu te fous de ne pas voir naître ton gamin ?

– Je n'ai pas dit ça.

– Alors prends le couteau et bats-toi !

Arnaud fit quelques gestes d'attaque avec son couteau pour pousser Franck à réagir. Mais celui-ci ne bougea pas d'un pouce.

– Vas-y, tue-moi, qu'on en finisse, lâcha-t-il avec une immense lassitude.

Mais l'autre était si déstabilisé par la résignation de Franck qu'il resta à le regarder, ne sachant que faire. La situation échappait à son contrôle. Des années qu'il attendait ce moment et, bien que son cerveau commande à sa main de planter son couteau dans le ventre de son ennemi, le passage à l'acte s'avérait impossible. Sa main ne répondait pas.

Un craquement violent le tira de son engourdissement. On enfonçait la porte. Mécaniquement, comme en réflexe à ce coup de butoir, Arnaud enfonça le couteau devant lui. La porte céda. Castelli entra le premier, pointant son arme sur le jeune homme, qui laissa tomber son cran d'arrêt. C'est alors qu'il remarqua une tache rouge qui s'élargissait sur la chemise de Franck.

Pendant qu'Arnaud était menotté et jeté sans ménagement dans un fourgon de la police, le Samu évacuait Franck sur un brancard. Dès qu'elle le vit, Blanche voulut se jeter sur lui. Léo l'en empêcha avec fermeté.

– Il a pris un coup de couteau dans l'abdomen. Il semble hors de danger mais, pour le moment, on ne connaît pas encore tous les dégâts. On le transporte à l'hôpital de la Timone pour l'opérer.

Blanche acquiesça. Sur son brancard, Franck la regarda en souriant faiblement.

– Ne t'inquiète pas pour moi, ça va aller, parvint-il à articuler.

– J'ai tellement peur...

Le blessé déglutit avec difficulté.

– Blanche... Si jamais... je ne m'en sortais pas, ce ne serait pas grave. L'important, c'est que toi, tu ailles bien. Toi et le bébé. Tu t'en occuperas bien, je le sais.

– Ne dis pas une chose pareille ! Nous allons l'élever ensemble, cet enfant !

– Je n'ai pas grand-chose à lui apporter... Arnaud a raison : je ne suis pas... quelqu'un de bien.

– Je t'aime comme tu es, Franck. Le cauchemar est fini maintenant : on va pouvoir vivre normalement.

Le médecin du Samu écarta doucement Blanche : ils devaient regagner l'hôpital sans plus attendre. Les infirmiers emportèrent la civière. Comme l'ambulance s'éloignait, Léo prit son amie par les épaules. Après s'être fait violence pour ne pas s'effondrer devant Franck, elle put enfin se laisser aller et éclata en sanglots dans les bras du policier.

# Le pardon 11

Les examens que Blanche dut subir à l'hôpital confirmèrent que, en dépit du choc dû à sa séquestration, sa grossesse ne présentait aucune anomalie. On lui prescrivit du repos intensif pour les semaines à venir. Puis le médecin en charge de Franck lui apprit que son compagnon était tiré d'affaire : le coup de couteau n'avait atteint aucun organe vital ni provoqué de lésion hémorragique. Plus de peur que de mal, en somme, il allait pouvoir rentrer à la maison dès le surlendemain.

Quand Blanche put se rendre à son chevet, elle prit conscience qu'elle avait probablement envisagé l'avenir avec un optimisme prématuré : une fois de plus, Franck affrontait ses vieux démons et, malgré toutes les épreuves qu'il avait traversées, paraissait sur le point de rendre les armes. Il se déclara incapable de vivre en paix alors que le crime qu'il avait commis vingt-trois ans plus tôt demeurait impuni. Pire, par sa faute, Blanche avait failli mourir.

–Je ne suis pas d'accord avec ta manière de voir les choses, rétorqua celle-ci. Nous avons traversé des épreuves ensemble et nous nous en sommes sortis. Maintenant, il faut tourner la page.

–Je ne peux pas, avoua Franck.

Blanche le regarda sans comprendre.

–Mais... pourquoi ?

–Arnaud va aller en prison à cause de moi.

–Pas à cause de toi, mais pour ce qu'il m'a fait et pour ce qu'il a fait à Bob Grant, à Maïdi Roth... Ce n'est pas un enfant de chœur !

–Mais si, moi, j'avais été jugé et puni, il n'aurait pas ruminé sa vengeance pendant des années. Il va être le seul à payer dans cette histoire. Je comprends que ça puisse te paraître masochiste, mais si ce gamin est condamné, je ne pourrai pas vivre heureux.

Quand Arnaud fut présenté au juge d'instruction, Florian Estève, le magistrat comprit tout de suite qu'il avait affaire à une personnalité dévastée. En étudiant le rapport du capitaine Castelli, il s'était déjà fait une première idée de l'étendue des dégâts : non seulement le jeune homme avait fourni des aveux complets, mais il avait aussi claironné lors de son interrogatoire qu'il n'éprouvait aucun remords. Son seul regret était de ne pas avoir osé buter son ennemi...

Lors de sa confrontation avec Maïdi Roth, Arnaud, même s'il s'était montré un peu gêné, avait reconnu avoir ordonné à l'électricien de l'assassiner. Il n'avait, bien sûr, pas le moindre grief contre elle, mais sa vengeance ne permettait aucune hésitation : morte, la chanteuse n'aurait été en quelque sorte qu'une victime collatérale. La fin – la destruction de Franck Ruiz – justifiait tous les moyens. Pourtant, l'ingénieur du son affirmait dans le même temps s'être sincèrement investi dans son travail avec Maïdi. La preuve : il avait remis à la police une clé USB contenant toutes les maquettes avant leur destruction.

D'après le psychiatre, Arnaud Pia avait vécu toute son enfance dans une haine permanente méthodiquement entretenue par sa mère, qui avait cristallisé toute sa colère sur le gang des M-13. Très tôt, il avait été habité par la conviction que la justice avait sciemment ignoré l'assassinat de son père et qu'il se devait de combler ce vide. Quand sa mère mourut des suites d'une hépatite mal soignée, ce sentiment s'était exacerbé : oui, la société s'était liguée pour détruire ses parents – et la rage, la détresse d'être orphelin et le désir de vengeance avaient fait d'Arnaud une véritable bombe à retardement. Avec méthode et sang-froid, il avait mobilisé une énergie et une patience considérables pour élaborer son plan. En définitive, le rapport psychiatrique concluait à son entière responsabilité pénale. Compte tenu des charges qui pesaient contre lui, le ministère public allait probablement réclamer vingt ans de réclusion criminelle.

– Je m'en fous, déclara le garçon quand Florian Estève lui annonça la peine encourue.

– Comment pouvez-vous dire ça, à votre âge ? s'étonna le juge.

– J'ai vécu vingt-trois années de merde. Je ne m'attends pas à mieux pour les vingt-trois suivantes.

En effet, Arnaud semblait presque désireux d'être condamné à la plus lourde peine possible. Il répéta au magistrat qu'il ne regrettait rien et qu'il n'hésiterait pas une seconde à recommencer. Il se décrivit comme un être tellement manipulateur, cynique et sans scrupule que le juge en fut impressionné. Il avait l'habitude d'être confronté à des criminels autrement plus aguerris que ce jeune homme mais qui, eux, se dépeignaient en agneaux innocents, prompts à évoquer les mille et une calamités qu'ils avaient subies durant leur enfance.

Florian Estève acquit ainsi rapidement une certitude : si Arnaud Pia s'accablait à ce point, c'était probablement un acte réfléchi au service d'une nouvelle stratégie. Restait à comprendre laquelle.

Après s'être abandonnée à la joie de retrouver sa mère saine et sauve, Johanna ressentait désormais une amertume grandissante. Arnaud l'avait manipulée avec tellement de cynisme qu'elle en avait la nausée. Comment avait-elle pu se laisser berner à ce point ? Le mensonge dans lequel elle avait vécu lui collait à la peau et elle devait faire des efforts colossaux pour ne pas sombrer dans une autocritique radicale. Elle fut donc très touchée quand Maïdi Roth, s'apprêtant à rentrer à Paris, lui rapporta quelque chose de surprenant.

– Quand j'ai revu Arnaud au commissariat, il paraissait complètement indifférent au monde qui l'entourait. Sauf quand on a prononcé ton nom. Cela prouve qu'il a des sentiments pour toi, j'en suis sûre.

La conviction de la chanteuse n'atténua pas la colère qu'éprouvait Johanna, mais elle prit conscience que, si elle avait la possibilité de dire à son ancien petit ami tout ce qu'elle éprouvait, alors elle s'en sentirait soulagée. Léo Castelli lui accorda donc deux minutes avant qu'Arnaud ne quitte le commissariat pour rejoindre la prison. L'adolescente n'en demandait pas davantage : ce qu'elle avait à dire tenait en peu de mots. Elle se planta devant la cellule et considéra Arnaud avec mépris. Lui, en revanche, la regardait les yeux baissés, comme un enfant pris en faute.

– Tu t'es bien foutu de ma gueule, hein ? attaqua Johanna.

L'autre ne répondit rien.

– Même si tu te fous de ce que je pense, je vais te le dire quand même : ce que tu m'as fait, je ne te le pardonnerai jamais !

Tu te crois peut-être le plus fort et le plus malin, mais pour moi tu n'es rien d'autre qu'un lâche ! Un lâche pourri jusqu'à la moelle !

Sur ce, la jeune fille tourna les talons et commença à s'éloigner. Mais Arnaud la rappela. Avec un soupir d'exaspération, elle revint sur ses pas.

– Je... Je ne voulais pas te faire de mal, lâcha-t-il d'une voix tremblante.

– Et tu crois que je vais gober ça ?

– Je me suis servi de toi, c'est vrai. Mais je le regrette. Vraiment.

Il avait l'air sincère. S'il jouait la comédie, il était très fort.

– Arrête, Arnaud. Tu n'as pas idée du mal que tu me fais. Parce que moi, j'ai été sincère : je t'ai vraiment aimé !

– Moi aussi.

Mais Johanna ne voulait rien entendre.

– Moi aussi, répéta-t-il. Je t'ai vraiment aimée. Et je t'aime toujours.

Les traits d'Arnaud exprimèrent à ce moment-là une telle détresse que la jeune fille ne put en supporter davantage. Elle partit en courant, étouffant les sanglots qui lui montaient à la gorge.

Le lendemain, elle eut besoin de se confier à sa mère. Blanche sentait bien que sa fille était bouleversée, mais elle n'osait la questionner. Combien de temps la blessure que lui avait infligée Arnaud mettrait-elle à cicatriser ?

– Hier, je suis allée voir Arnaud au commissariat, commença Johanna alors que les deux femmes prenaient leur petit-déjeuner dans un silence pesant. Je voulais lui balancer au visage tout ce que je pensais de lui.

– Tu n'aurais pas dû. Ça ne sert à rien d'autre que te faire souffrir.

– Ce n'est pas ça qui m'a fait mal. Arnaud m'a dit qu'il m'aimait vraiment, avoua la jeune fille d'une voix triste.

Blanche faillit avaler de travers sa gorgée de thé. Ce type ne reculait devant rien... Mais elle saisit immédiatement ce que cela représentait pour sa fille.

– Et... tu l'as cru ? demanda-t-elle avec douceur.

– Je sais que je ne devrais pas. Arnaud a fait du mal à tout le monde, mais...

– ... Mais ça t'aide de savoir qu'il ne t'a pas menti, compléta Blanche.

– C'est tellement douloureux quand je pense à tout ce qu'on a vécu et que je me dis que tout était faux.

– C'est une bonne chose qu'il t'ait dit ça. C'est important pour te permettre de garder confiance en toi.

Johanna acquiesça. Elle avait craint que sa mère n'accepte pas l'aveu d'Arnaud ; son assentiment lui ôtait la culpabilité qu'elle éprouvait depuis la veille. Mais Blanche avait encore quelque chose à lui dire.

– Il faut malgré tout que tu tires un trait sur cette histoire. Arnaud va certainement être condamné à des années de prison.

– Je sais. Mais je ne peux pas m'empêcher de me dire que, si on s'était rencontrés dans d'autres circonstances, ça aurait pu marcher entre nous.

Blanche comprit à cet instant que sa fille n'était pas près d'oublier Arnaud. Mais elle se sentait impuissante pour l'aider à tourner la page.

La confrontation organisée entre Arnaud et Franck révéla à Florian Estève la nouvelle stratégie de l'accusé pour poursuivre sa vengeance. Comme l'arme physique avait échoué, il utilisait désormais la seule riposte qui restait à sa portée : l'arme psychologique.

Quand Franck fut amené dans le cabinet du juge, le jeune homme détourna la tête et l'ignora ostensiblement. Mais il faillit s'étrangler quand le magistrat évoqua la déposition que l'électricien avait faite à la police.

– D'après vos déclarations, M. Ruiz, résuma Florian Estève, c'est en vous jetant sur M. Pia que vous vous êtes blessé. Accidentellement, donc.

– C'est n'importe quoi ! s'emporta aussitôt Arnaud.

– Le prévenu soutient au contraire qu'il vous a porté un coup à l'abdomen avec l'intention de vous tuer, précisa le juge en écho. Ceci est d'ailleurs confirmé par l'expertise médicale.

Franck réprima un tic nerveux et commença son argumentation.

– C'est-à-dire que... c'est parce que je me suis avancé vers Arnaud qu'il m'a frappé. Il l'a fait par instinct, dans un réflexe de défense.

– C'est faux ! s'écria l'autre. Je voulais qu'on se batte à la loyale, mais ce lâche a refusé ! Il a laissé tomber son couteau : il était désarmé quand je l'ai planté !

Estève se tourna vers Franck, de plus en plus mal à l'aise.

– M. Ruiz, qu'en pensez-vous ?

– Eh bien... Dans l'action, mon couteau est tombé, oui... Mais on s'est battus... Je veux dire, il n'y a pas eu tentative de meurtre...

Arnaud leva les yeux au ciel, hors de lui, tandis que le juge soupirait, visiblement incrédule.

– M. Ruiz, pourquoi essayez-vous d'atténuer les charges qui pèsent sur votre agresseur ?

– C'est ma faute s'il en est arrivé là. J'ai tué son père, et c'est à cause de ça qu'il a voulu se venger : ce môme a des circonstances atténuantes.

– Je ne veux pas de circonstances atténuantes ! J'ai prémédité ce meurtre et je regrette d'avoir raté ce salaud !

Florian Estève songea que, dans cette instruction, tout se déroulait à l'envers : la victime dédouanait l'accusé, lequel cherchait au contraire à s'enfoncer…

– M. Ruiz, c'est le jury qui décidera de la gravité des fautes commises par M. Pia. Mais, dans tous les cas, il n'avait pas le droit de faire justice lui-même.

Franck soupira. Il n'avait rien à opposer à cette vérité. Le juge d'instruction se tourna vers Arnaud.

– Quant à vous, je ne comprends pas votre obstination maladive à aggraver votre cas. Vous allez prendre le maximum si vous persistez dans cette voie.

– C'est ce que je veux, déclara posément le jeune homme. Qu'on m'envoie en taule le plus longtemps possible !

Les deux autres échangèrent un regard d'incompréhension.

– Mais… pourquoi ? demanda Franck d'une voix désolée.

Arnaud le regarda avec un sourire venimeux, comme s'il s'apprêtait à lui porter un coup. Ce fut une estocade.

– Parce que je veux que, tous les jours, tu te dises que je croupis en prison à cause de ton crime et que tu culpabilises à en crever. Lentement.

D'un seul coup d'œil, Estève vit que ces mots avaient touché leur but. La stratégie d'Arnaud Pia était enfin révélée – et, cette fois-ci, elle risquait d'être efficace.

L'intuition du magistrat s'avéra juste : Franck fut anéanti d'entendre de la bouche du jeune homme ce qui lui était insupportable à assumer. Et la première conséquence, c'est qu'il se sentit incapable, une fois de plus, de se projeter sereinement dans l'avenir. Au grand désespoir de Blanche, il décida de s'installer au *Select Hôtel*, « pour prendre du recul », expliqua-t-il.

En réalité, il se sentait écartelé. D'un côté, il aspirait à vivre en paix auprès de la femme qu'il aimait et de son futur bébé ; de l'autre, il se détestait pour avoir envoyé un gamin en prison à cause de son crime originel. Bien sûr, Blanche comprenait le tourment qui habitait son compagnon, mais elle craignait surtout qu'il ne finisse par le dévaster. Selon la peine qui serait prononcée au moment du procès, ses sentiments évolueraient peut-être. Mais le verdict ne tomberait pas avant plusieurs mois, voire une ou deux années. Comment vivre dans l'incertitude pendant tout ce temps ?

Johanna était révoltée par la détresse de sa mère. Pourtant, les jours suivant l'installation de Franck au *Select*, celle-ci avait déployé beaucoup d'efforts pour paraître sereine. Mais la jeune fille, voyant ses traits tirés, n'était pas dupe.

– Vous avez traversé un véritable cauchemar ensemble et, maintenant que c'est fini, vous vous séparez, alors que vous vous aimez ? Franchement, je ne pige pas, se désola-t-elle.

– Franck souffre. La culpabilité le ronge depuis des années, et c'est devenu pire avec l'incarcération d'Arnaud. Je ne peux malheureusement rien faire, répondit Blanche avec fatalisme.

– Mais en se punissant, il te punit aussi !

Sa mère haussa les épaules pour mieux souligner sa résignation. Johanna la considéra avec stupéfaction. Pourtant, elle n'avait pas l'habitude de baisser les bras ! La jeune fille avait souvent pensé que, si un tremblement de terre dévastait Marseille, Blanche serait la première à retrousser ses manches au milieu des ruines fumantes...

– Désormais, je laisse les choses suivre leur cours. Je suis fatiguée, Johanna : je n'ai plus d'énergie pour convaincre Franck que le bonheur est possible.

– Et s'il décidait de partir ruminer ses torts à l'autre bout du monde, tu le laisserais faire ?

– Je pense, oui. Même si ça me briserait le cœur, reconnut Blanche.

– Et... qu'est-ce qu'il faudrait pour que ça s'arrange ? demanda l'adolescente sans trop y croire.

– Il faudrait qu'Arnaud pardonne à Franck, je suppose.

– Je le sens mal, dit Johanna.

– Tu comprends ce que je ressens, alors ? conclut sa mère.

La jeune fille comprenait, en effet. Mais elle se répéta aussi ce vieil adage : « Qui ne tente rien n'a rien. »

Le juge Estève ne fit aucune difficulté pour accorder un droit de visite à Johanna. Il pensait même que la jeune fille pouvait avoir une influence bénéfique sur le prévenu, retranché dans une attitude suicidaire. Arnaud fut très surpris de la découvrir au parloir de la prison. Il s'assit face à elle. Son visage n'exprimait rien d'autre que de la résignation.

– Je ne pensais pas que tu me rendrais visite.

– Pourquoi pas ?

– Je suis sûr que tu ne m'as pas cru l'autre jour, quand je t'ai dit que... je t'aimais.

– Si, je t'ai cru.

Johanna ne sut trop quoi ajouter. Après tout, ce n'était pas l'objet de sa visite.

– Maïdi est repartie à Paris. Elle m'a demandé de te remercier de lui avoir restitué la maquette.

– Ah bon ? Elle compte en garder quelque chose ?

– Elle aime ce que vous avez fait ensemble. C'est cette version qui sortira, si son nouveau producteur est d'accord.

Arnaud s'éclaira un court instant en entendant la nouvelle.

– Comme ça, une partie de moi vivra à l'extérieur de cette prison, lâcha-t-il en soupirant. Même si, au bout de vingt ans, il n'en restera plus grand-chose.

Johanna perçut une faille dans la carapace du jeune homme.

– Arnaud, tu n'es pas encore condamné. Le juge dit que tu fais tout pour aggraver ton cas... Je ne comprends pas ton attitude.

– Il ne t'a pas tout expliqué ? C'est simple : plus longtemps je resterai en prison, plus Franck Ruiz étouffera de remords.

– C'est toi que tu vas détruire en agissant de cette façon !

– Ce n'est pas ton problème. Tu dois m'oublier.

Il prit un regard dur et parut s'apprêter à mettre fin à la conversation. Mais Johanna ne se laissa pas faire.

– Tu te souviens de la première fois où on s'est rencontrés, de la première fois où on s'est embrassés, de la première fois où on a fait l'amour ?

– Je ne veux pas penser à ça, répondit Arnaud.

– Tu devrais. Tu verrais qu'il y a des choses qui valent la peine d'être vécues hors de cette prison. Tu ne trouves pas que ta vie a déjà été assez dure comme ça ? Qu'il est temps d'arrêter de tout détruire autour de toi ?

Le prisonnier hocha la tête, comme si les paroles de la jeune fille touchaient quelque chose en lui. Mais il se reprit et la considéra avec froideur.

– Où veux-tu en venir, Johanna ? Qu'est-ce que tu as à me dire ?

– Franck envisage de quitter ma mère.

– Ah bon. Et pourquoi il veut faire ça ?

– Pour toi. Il se punit pour payer sa dette. Dans sept mois, un bébé va naître et il n'aura pas de père. Noël, les anniversaires, la fête des pères où toute ta classe fabrique un cadeau sauf toi...

– Si Franck s'enfuit comme un lâche, ce n'est pas ma faute.

– Il y a un moyen pour qu'il arrête de fuir, un seul. Il faut que tu lui pardonnes, Arnaud. Il n'y a pas que lui que tu détruis, il n'y a pas que toi. Tu détruis aussi une famille, une famille qui ne t'a rien fait. Ça fait beaucoup de victimes.

Le jeune homme garda le silence un bon moment. Il semblait perdu dans des réflexions lointaines. Johanna se demanda si elle ne devait pas dire quelque chose pour attirer son attention. Finalement, il parla, d'une voix grave et calme.

– Je ne veux pas de mal à ta mère. Je regrette ce qui s'est passé. Mais même si j'acceptais de pardonner à Franck, je n'aurais pas le droit de le faire.

– Pas le droit ? Mais... qui t'en empêche ? s'étonna Johanna.

– J'ai juré sur la tombe de mon père de ne pas revenir le voir avant d'avoir vengé sa mort. Et je ne trahirai pas ce serment. Quel qu'en soit le prix à payer, déclara Arnaud solennellement.

Au fur et à mesure que le temps passait, Blanche prit conscience qu'elle supportait beaucoup moins bien que prévu l'état d'incertitude morbide dans lequel était plongé Franck. Celui-ci l'évitait depuis qu'il s'était installé au *Select*, et leur relation avait pris un tour absurde : ils vivaient à quelques pas l'un de l'autre mais ne se voyaient plus. Un beau jour, Blanche passa le voir à l'hôtel afin de provoquer une bonne explication. Elle l'appela depuis la réception. Quand il descendit dans le hall, il était livide. Ils s'embrassèrent rapidement.

– Je voudrais que tu me dises où tu en es, Franck. Je comprends que tu sois perdu. Mais moi, j'ai besoin de savoir ce que tu comptes faire pour nous deux et le bébé.

Franck regarda Blanche comme s'il allait répondre quelque chose. Puis il se ravisa et réfléchit un instant.

– Je... Je ne sais pas. Je suis désolé, lâcha-t-il dans un souffle.

– Mais moi, je ne peux pas vivre dans l'incertitude !

– Je comprends. Mais il y a un jeune type qui est en taule à cause de moi et, tant que je ne serai pas fixé sur son sort, je ne pourrai rien décider.

Blanche ne put réprimer un geste d'agacement. Ce discours commençait à l'énerver.

– Il y a un enfant dans mon ventre, je te le rappelle. Ce que tu veux lui faire vivre est tout aussi injuste que ce qui arrive à Arnaud.

– Je suis un meurtrier ! J'ai tué le père d'un gamin qui va passer sa vie en taule parce qu'il a voulu rendre justice ! Je me dégoûte, tu comprends ?

Comme Franck avait légèrement haussé le ton, c'en fut trop pour Blanche. Elle décida de lâcher tout ce qu'elle avait sur le cœur.

– J'en ai assez d'entendre ça ! Ce n'est pas en te rendant malheureux que tu changeras quelque chose à ton passé ! Je compte, moi aussi !

– C'est bien pour cette raison que je n'aurais pas dû commencer une histoire avec toi, se défendit l'autre.

– C'est toi qui m'as demandé de garder le bébé ! C'est une décision qu'on a prise tous les deux ! Maintenant, fais face à tes responsabilités !

Franck s'apprêtait à répliquer, mais il s'aperçut soudain que Johanna se tenait derrière sa mère. Aucun des deux ne l'avait entendue entrer. Blanche eut du mal à dissimuler sa gêne. La jeune fille avait probablement tout saisi de leur échange.

– Johanna, tu es là, dit-elle gauchement, faute de mieux.

– Je suis venue voir Franck.

Celui-ci leva un sourcil d'étonnement.

– Le juge Estève emmène Arnaud au cimetière Saint-Pierre, sur la tombe de son père, annonça l'adolescente.

Blanche et Franck se regardèrent, interloqués. Ils ne comprenaient pas bien en quoi cette information les concernait.

– Vous devriez aller le retrouver là-bas, poursuivit Johanna à l'intention de l'électricien.

– Ce serait de la provocation !

– Parlez-lui avec votre cœur. Arnaud s'estime lié par un serment qu'il a fait sur cette tombe. Vous voir dans ce contexte si fort déclenchera peut-être un déclic. Qu'est-ce que vous avez à perdre ? insista la jeune fille.

Franck réfléchit.

– C'est moi qui ai demandé au juge de l'emmener là-bas. Je vous en prie... C'est peut-être la dernière chance pour Arnaud de faire la paix avec lui-même.

Blanche intervint.

– Oui, tu devrais y aller. C'est peut-être la dernière chance pour nous aussi...

Dans un premier temps, Florian Estève avait trouvé la requête de Johanna Marci surprenante, pour ne pas dire déplacée, dans la mesure où elle sortait clairement de la procédure. Puis il s'était rendu au raisonnement de la jeune fille. Il se devait de fournir à la justice des conclusions établies avec son intime conviction. Or, pour le moment, il avait la conviction que le comportement d'Arnaud Pia reposait sur une crispation obsessionnelle et qu'il se serait accusé de crimes contre l'humanité s'il avait pu atteindre Franck Ruiz. Oui, la petite Johanna avait raison. Et si Arnaud parvenait à se libérer de son serment, l'instruction pourrait prendre une autre direction.

Quand deux policiers amenèrent, menottes aux poignets, le jeune homme devant la tombe de son père, il considéra le juge d'instruction d'un œil soupçonneux.

– C'est quoi, ce plan ? Pourquoi vous m'avez fait venir ici ?

– J'ai pensé que ça pourrait vous aider à... réfléchir, répondit le magistrat.

Arnaud secoua la tête comme s'il était en faute.

– Je n'ai pas le droit d'être ici. J'ai juré que je ne reviendrais voir mon père que quand je l'aurais vengé, mais j'ai échoué. Là où il est, il doit avoir honte de moi.

– Vous avez tort de penser ça.

– Vous parlez avec les morts ? ironisa Arnaud. Au nom de

quoi dites-vous ça ? Vous ne le connaissiez pas !

– Je ne connais aucun père qui voudrait voir son fils croupir vingt ans en prison. Surtout quand il ne le mérite pas.

Arnaud médita les paroles du juge. Lentement, il eut l'air de plus en plus triste et commença à pleurer en silence. D'habitude, Florian Estève ne se laissait pas émouvoir facilement : en tant que juge, il devait garder ses distances. Mais il se sentit touché par la détresse du jeune homme. Touché et impuissant.

Franck débarqua à ce moment-là. Les policiers voulurent l'empêcher de passer, mais Estève leur fit signe de le laisser approcher. L'électricien, ému, arriva à sa hauteur. Dès qu'Arnaud le vit, il se raidit mais resta silencieux. Les deux hommes échangèrent un long regard, puis le garçon détourna les yeux, qui revinrent vers la tombe. Il prit la parole d'un ton calme, sans élever la voix.

– Ça ne vous suffit pas d'avoir assassiné mon père ? Il faut que vous veniez le défier sur sa tombe ? Allez, tirez-vous.

Franck se concentra sur la pierre tombale et répondit sur le même ton.

– Ton père était quelqu'un de bien, tu sais.

Arnaud ne réagit pas tout de suite. Puis il fronça les sourcils comme s'il venait de comprendre.

– Vous voulez dire que... vous l'avez connu ?

– Oui. Enfin, un peu. Il ne faisait pas partie des M-13. Lui ne voulait pas entrer dans ce système. Il refusait toute forme de violence.

– Vous êtes en train de me dire qu'il ne s'est même pas défendu quand vous l'avez jeté dans le vide, murmura le garçon.

Franck acquiesça douloureusement.

– Effectivement, il ne s'est pas défendu. Il ne se doutait pas de ce que j'allais faire. Il me faisait confiance.

– Vous êtes une ordure, siffla Arnaud.

– Je n'ai aucune excuse. Aucune circonstance atténuante, si ce n'est que je n'avais que dix-sept ans et que j'étais défoncé du matin au soir.

L'autre ne répondit rien.

– Je voudrais que tu saches que, si Blanche n'était pas tombée enceinte, je me serais flingué. C'est probablement tout ce que je mérite.

Arnaud jeta un coup d'œil à Franck et vit son visage ravagé par la souffrance. Des larmes coulaient de ses yeux. Pour la première fois, il eut le sentiment que ce type ne mentait pas. Florian Estève, lui, sentit que la situation était peut-être en train de basculer. Il intervint d'une voix douce.

– M. Pia, à votre avis, qu'est-ce que votre père aurait fait à votre place aujourd'hui ?

Arnaud considéra la tombe et soupira.

– Je ne sais pas. Ma mère disait qu'il était gentil, qu'il était incapable de faire du mal à quelqu'un. D'après ce que je viens d'entendre, elle disait la vérité.

Franck acquiesça imperceptiblement. Le juge revint à la charge.

– On peut donc supposer qu'il aurait peut-être... pardonné, non ? suggéra-t-il.

– Malheureusement, je ne pourrai jamais le savoir.

– Mais peut-être pouvez-vous le... ressentir ?

Arnaud regarda le juge Estève, surpris par cette idée. Il entendait à côté de lui la respiration lourde de Franck, les pleurs qu'il étouffait. Ses yeux passèrent sur la tombe de son père, puis tout autour de lui. Une légère brise faisait onduler les feuilles des arbres. Il surprit deux écureuils qui jouaient sur une branche. Plus loin, un nuage d'étourneaux dessinait d'étranges figures dans le ciel. Un ciel d'un bleu absolu – et cette pureté lui fit prendre conscience d'un paradoxe. Dans ce cimetière, lieu de mort, il ressentait comme un appel. L'appel de la vie.

– Ma mère ne m'a jamais emmené ici. Je ne suis venu qu'après sa mort. Comme si elle avait toujours refusé que je me confronte seul à la mémoire de mon père.

– Votre mère vous a élevé dans la haine. Peut-être savait-elle que votre père, lui, n'aurait pas approuvé cette attitude.

Florian Estève s'en voulut d'avoir prononcé ces mots. Il était peut-être allé trop loin. Si le jeune homme sentait qu'on lui forçait la main, il risquait de se refermer comme une huître. Mais Arnaud se contenta de secouer la tête, comme s'il prenait conscience d'une absurdité.

– Je n'avais jamais douté jusqu'à présent. Et pourtant... j'ai peut-être fait fausse route. Pire, j'ai peut-être trahi sa mémoire.

Il se tourna vers Franck.

– Je regrette ce que je vous ai fait, à vous et à votre entourage.

Franck hocha la tête pour signifier qu'il tournait la page.

– Et je vous pardonne le mal que vous m'avez fait, ajouta Arnaud.

# Epilogue

Le pardon solennel d'Arnaud provoqua comme un électrochoc chez Franck. Certes, cela n'effaçait pas les blessures du passé ni les actes commis, mais la culpabilité qui l'étouffait s'évanouit. Il fut enfin capable de revenir vers Blanche et de lui annoncer ce qu'elle attendait tant : oui, il voulait rester auprès d'elle et de leur enfant. Il s'engagea à ne plus jamais repartir, à ne plus jamais fuir, et pour la première fois il trouva des mots simples pour exprimer son amour et son engagement. Blanche était heureuse et confiante, deux sentiments qu'elle n'avait pas éprouvés depuis longtemps.

Quarante-huit heures après la scène du cimetière, le juge Estève la convoqua une dernière fois avec son compagnon. Il tenait à leur faire part lui-même de ses conclusions.

– Arnaud Pia a modifié ses déclarations, dit-il. Il reconnaît ses torts et regrette ses actes. Surtout, il ne revendique plus le fait d'avoir cherché à vous tuer. Comme cela concorde avec votre version, j'ai décidé, au nom de ses nombreuses circonstances atténuantes, de ne pas retenir cette charge contre lui.

– Qu'est-ce qui reste ? demanda Franck.

– Enlèvement, séquestration, chantage… Son dossier est quand même lourd. Mais mes conclusions tiennent explicitement compte du contexte dans lequel il a grandi. Maintenant, tout dépendra du jury lors du procès.

– Je pense qu'Arnaud doit répondre de ses actes, intervint Blanche. Mais je ne l'accablerai pas.

Florian Estève acquiesça. Puis il dirigea son regard vers Franck.

– En ce qui concerne la mort de Bob Grant, la légitime défense est constituée, je me prononce donc en faveur d'un non-lieu. Vous ne serez pas poursuivi.

Franck et Blanche se regardèrent, soulagés.

– Merci, dirent-ils en chœur.

– Mais ce n'est pas une faveur ! Quant au meurtre de Pierre Garcia, vous savez comme moi qu'il y a prescription. En conclusion, nous n'aurons plus à nous revoir.

Le magistrat les invita à se lever. Il fixa l'électricien une dernière fois.

– Je sais que vous pensez avoir échappé indûment à la justice. Mais, pour moi, elle a été rendue hier sur la tombe de la victime. C'est du moins ce que j'ai ressenti. Mon dernier conseil, c'est que vous devriez en faire autant.

Les premiers jours qui suivirent le retour de Franck, Johanna préféra dormir chez son grand-père pour les laisser vivre leurs retrouvailles dans l'intimité. Chaque fois qu'elle se trouvait avec sa mère, la vie reprenait son cours normal : toutes deux partageaient comme avant complicité et disputes, comme si peu de choses avaient changé depuis l'arrivée de Franck dans leur vie.

Celui-ci attendait le bon moment pour discuter avec la jeune fille. Un jour que Blanche était absente, comme Johanna se préparait un goûter gargantuesque tout en sucre et en chocolat, il s'approcha d'elle, le sourire aux lèvres.

– Ça a l'air délicieux, lui lança-t-il, impressionné.

– C'est une tuerie ! Un peu écœurant, aussi, mais c'est ça, le filet de sécurité.

Il attendit un moment que l'adolescente engloutisse sa tartine et, après avoir bien tourné en rond dans le salon, il finit par se planter devant elle.

– Johanna, je... je voulais te remercier. Sans ton intervention, Arnaud ne m'aurait jamais pardonné et j'aurais peut-être fait la plus grosse connerie de ma vie en partant loin d'ici.

– Vous pouvez ! approuva joyeusement Johanna. Mais je n'ai pas fait ça seulement pour vous, vous savez. Je l'ai fait pour ma mère, pour Arnaud, et pour moi aussi.

Évoquer ainsi le jeune homme fit passer un voile de tristesse sur son visage. Franck changea donc de sujet.

– Je suis ravi qu'on s'entende bien finalement, toi et moi.

– Ne vous réjouissez pas trop vite. Je peux tout à fait redevenir une peste ! C'est cyclique chez moi.

– On a tous du Mr. Hyde en nous, s'amusa Franck.

– Bon, je n'ai pas toujours dit ça, mais je suis contente que vous restiez parmi nous.

Tous deux sourirent. Puis Johanna se leva, essuya rapidement la table et se dirigea vers la porte. Elle n'avait pas envie de se livrer davantage.

– Allez, je file. Faites-vous une petite soirée en amoureux ! lança-t-elle d'un ton léger.

– Tu ne veux pas rester avec nous ? Ça fait plusieurs soirées que tu sors. Ta mère serait contente...

– J'ai prévu quelque chose avec une copine. Mais rassurez-vous : demain, la lune de miel, c'est fini ! Je rentre à la maison.

– On fera un truc sympa pour fêter ça, proposa Franck.

Johanna s'apprêtait à sortir quand il la rappela. Il sentait la jeune fille beaucoup plus vulnérable qu'elle ne voulait bien le laisser paraître.

– Et toi, ça va aller ? demanda-t-il avec une gravité soudaine.

Johanna ne répondit pas tout de suite. Elle cherchait la bonne réponse.

– Je l'espère, dit-elle simplement.

Sur ces mots, elle se dépêcha de sortir.

Une fois dehors, elle s'arrêta et regarda la vie autour d'elle. Elle eut la sensation, comme dans un film sur pause, que tous les mouvements étaient suspendus. Les gestes des passants se figèrent, le vol des oiseaux s'immobilisa dans le ciel, un silence absolu l'entoura, comme si le monde entier répétait la question que venait de lui poser Franck et attendait lui aussi sa réponse. Elle vacilla alors, comme au bord d'un gouffre. Elle se sentait seule et elle avait peur du vide créé par l'absence d'Arnaud.

Un instant, elle faillit abandonner toute résistance et se laisser chuter. Elle ferma les yeux. Elle songea à son passé. Aux épreuves qu'elle avait surmontées. Elle avait fait le pari de la vie, toujours. Quand elle rouvrit les yeux, la vie avait repris le rythme nonchalant et coloré du Mistral. Des inconnus lui sourirent. Elle aperçut, à l'autre bout de la place, son grand-père qui lui faisait un petit signe de complicité, avec sa chaleur habituelle.

Johanna lui sourit.

Seule ou pas, elle trouverait un moyen d'être heureuse.

Ont collaboré à l'écriture du feuilleton :

Bénédicte Achard
Claire Aziza
Sarah Belhassen
Marie-Hélène Bizet
Isabelle Boni-Claverie
Frédéric Chansel
Sylvie Chanteux
Françoise Charpiat
Xavier Daugreilh
Claudio Descalzi
Georges Desmouceaux
Isabelle Dubernet
Nicolas Durand-Zouky
Éric Führer
Mathieu Granier
Mariem Hamidat
Sophie Hiet
Philippe Klébert
Christiane Lebrima
Sébastien Le Délézir
Joël Méziane
Pierre Monjanel
Sébastien Mounier
Brigitte Peskine
Catherine Pierre
Magaly Richard-Serrano
Marc Roux
Olivier Szulzynger
Rémy Tarrier
Nathalie Vailloud
Anne Valton

## Table

Achevé d'imprimer en février 2008
sur les presses de la Nouvelle Imprimerie Laballery
58500 Clamecy
Dépôt légal : mars 2008
Numéro d'impression : 802123

*Imprimé en France*